अभिमन्यु- कुचक्र का चक्रव्यूह

धर्मेंद्र मिश्रा

हिंदी उपन्यास

First Edition: 2025
Author: Dharmendra Mishra

Contact:
Email: dharmendra.mishra90@outlook.com

प्रस्तावना

अभिमन्यु: कुचक्र का चक्रव्यूह-

अभिमन्यु सिर्फ एक महत्वाकांक्षी नौजवान नहीं–बेखौफ इंसान, एक विद्रोही कवि और एक संवेदनशील कलाकार था, जिसकी रचनाएँ किसी हथियार से कम नहीं थीं। उसकी आवाज़ में आग थी, और शब्दों में वह सच्चाई, जिसे समाज अक्सर अनसुना कर देता है। गली-नुक्कड़ों पर होने वाले उसके कविता पाठ और नुक्कड़ नाटक सिर्फ मनोरंजन नहीं थे; वे सवाल थे, तंज थे, और उस व्यवस्था पर करारा प्रहार थे जो आम आदमी की पुकार सुनना ही नहीं चाहती।

बचपन से ही अभिमन्यु ने महसूस किया था कि दुनिया को बदलने के लिए सिर्फ अच्छा इंसान होना काफी नहीं है। इसके लिए हिम्मत चाहिए–और उस हिम्मत को दिशा देने के लिए । यही कारण था कि वह मंच को अपनी ढाल और कलम को अपनी तलवार मानता था। उसका संघर्ष सिर्फ अपनी पहचान बनाने का नहीं था, बल्कि समाज में फैले अंधेरों को रोशनी दिखाने का था। लेकिन उसकी महत्वाकांक्षाएँ घर की चारदीवारी में कैद रहने वाली नहीं थीं। उसका मन राजनीति के उस जटिल मैदान में उतरना चाहता था जहाँ आदर्श और वास्तविकता की लड़ाई आदिकाल से चलती आई है।

राजनीति की ओर बढ़ने का उसका निर्णय किसी लालच या स्वार्थ का परिणाम नहीं था; यह उसके भीतर पल रहे उस जज़्बे का फल था जो समाज को बेहतर बनाने का सपना देखता था। पर अभिमन्यु को यह कहाँ मालूम था कि राजनीति वो रास्ता नहीं, जहाँ सिर्फ सपनों के सहारे चला जाए। यह वो जगह है जहाँ रोशनी भी अँधेरे का मुखौटा पहन लेती है, और अच्छे इरादे भी अक्सर ताकत की आगोश में बिखर जाते हैं।

धीरे-धीरे अभिमन्यु ने वह सब हासिल किया जिसकी उसने कामना की थी सम्मान, लोकप्रियता, मंच, और जनता की ताली। उसकी आवाज़ दूर तक गूँजने लगी थी। लेकिन उस गूँज के पीछे छिपी चालों की उसे कोई आहट नहीं मिली। उसे महसूस भी नहीं हुआ कि उसके हर कदम के साथ वह एक ऐसे कुचक्र के केंद्र में और गहराई से धँसता जा रहा है, जिसे लालच, वासना, षडयंत्र और विश्वासघात के महीन धागों से बुना गया था।

राजनीति के इस आधुनिक चक्रव्यूह में फँसा हमारा अभिमन्यु भी कुछ ऐसा ही अनुभव कर रहा था। फर्क बस इतना था कि इस चक्रव्यूह को बाहरी दुश्मनों ने नहीं, बल्कि उसकी अपनी महत्वाकांक्षा, उसके नज़दीकी लोगों की ईर्ष्या, और सत्ता का लालच मिलकर गढ़ा था।

वह जितना सफल होता गया, उतना ही अकेला होता गया। वह जितना आगे बढ़ा, उतनी ही गहरी खाई उसके नीचे बनती गई। और फिर वह क्षण आया जिसने उसकी पूरी दुनिया हिला दी–एक ऐसा आरोप, एक ऐसा षडयंत्र, जिसने उसकी पहचान, उसकी मेहनत, और उसके अस्तित्व पर ही सवाल खड़े कर दिए।

यह संघर्ष सच और झूठ की उस लड़ाई का था, जिसमें झूठ हमेशा तेज़ दौड़ता है और सच को चुप कराने की कोशिश की जाती है। उसे समझ में आने लगा था कि राजनीति की दुनिया में सच को दबाने के अनगिनत तरीके हैं। यहाँ कोई भी दुश्मन सामने से वार नहीं करता।

'अभिमन्यु: कुचक्र का चक्रव्यूह' सिर्फ एक राजनीतिक कहानी नहीं है। यह इंसानी भावनाओं, महत्वाकांक्षाओं, मोहभंग और नैतिक पतन की यात्रा है। अभिमन्यु की कहानी हमें यह एहसास दिलाती है कि दुनिया में सबसे बड़ा युद्ध बाहरी नहीं होता–सबसे बड़ा युद्ध अंदर होता है, जहाँ हमें अपने डर, अपनी महत्वाकांक्षा, अपने क्रोध और अपने सत्य से लड़ना होता है। हर अध्याय के साथ इस उपन्यास में एक नई परत खुलती है: कहीं राजनीति का खेल,कहीं रिश्तों का विष, कहीं प्रेम का मोह, और कहीं साम्राज्य जितनी बड़ी साज़िशें।

***

भूमिका

यह उपन्यास एक ऐसे युवक की कहानी है, जो आदर्शों और सच्चाई के बल पर दुनिया बदलने का सपना लेकर राजनीति के मैदान में उतरता है—लेकिन वहाँ उसे सिर्फ सत्ता के खेल, रिश्तों के छल और विश्वासघात की कटु सच्चाइयों का सामना करना पड़ता है।

"अभिमन्यु: कुचक्र का चक्रव्यूह" उस संघर्ष की दास्तान है, जहाँ एक इंसान बाहरी दुश्मनों से कम, अपने ही लोगों की बनाई हुई साज़िशों से अधिक लड़ता है। यह कहानी हमें याद दिलाती है कि चक्रव्यूह हमेशा बाहर नहीं, कई बार हमारे आसपास खड़े चेहरों के भीतर भी छिपा होता है।

इस उपन्यास का उद्देश्य पाठक को केवल मनोरंजन देना नहीं, बल्कि सोचने पर मजबूर करना है: क्या सच और आदर्श आज भी किसी एक व्यक्ति की हिम्मत से जीत सकते हैं?

***

1-

दिल्ली विधान सभा चुनाव नज़दीक आ रहे थे, उधर बजट का आख़िरी सत्र चल रहा था। मुख्यमंत्री वीरेंद्र कुमार का बजट सत्र के अंत में समापन भाषण होना था, लेकिन विपक्ष ने सरकार को घेरने की पूरी तैयारी करली थी। सदन में ज़ोर-शोर से हंगामा मचा हुआ था। विपक्ष के नेता एक साथ, वीरेंद्र कुमार को भ्रष्टाचार से लेकर मशहूर पत्रकार नम्रता की हत्या तक के आरोपों में घेर रहे थे।

सभी विपक्षी दल एक सुर में चिल्ला रहे थे: "वीरेंद्र कुमार जवाब दें! नम्रता मर्डर केस में किसका हाथ है? शरद कौशिक और भल्ला जैसे भ्रष्ट लोगों के साथ आपकी क्या साँठ-गाँठ है? आपने विकास के नाम पर जनता को गुमराह किया सरकार बनाई और अब ख़ुद ही उसी दलदल में जा फँसे हैं।"

विपक्ष का एक नेता, अपनी सीट से उठकर तेज़-तेज़ चिल्लाने लगा। उसके हाथ में एक पोस्टर था, अभिमन्यु को इंसाफ़ दो! सीबीआई जाँच की माँग करने लगा। हंगामा इतना बढ़ गया कि कुछ विपक्षी सदस्यों ने अपने हाथों में लिए दस्तावेज़ और बिल फाड़कर हवा में उछाल दिए। सदन नारों से गूँज रहा था। "वीरेंद्र कुमार इस्तीफा दो! नम्रता को इंसाफ दो!" के नारे गूंज रहे थे।

वीरेंद्र कुमार अपनी कुर्सी पर बैठे सब देखते रहे थे। पहले तो उनके चेहरे पर केवल नाराज़गी थी, लेकिन धीरे-धीरे वह खीझ में बदल गई।

“इस केस में जो शामिल थे, वो सलाखों के पीछे जा चुके हैं। बार-बार इस केस से मुझे जोड़कर बदनाम करने की साज़िश है! जनता अच्छे से जानती है, मेरा इससे कोई लेना-देना नहीं है।” :विरेंद्र कुमार माइक पर चिल्लाते हुए बोले।

यह सुनते ही सदन में हंगामा शुरू हो गया: “अभिमन्यु आपकी ही पार्टी में था और आपका क़रीबी था।” :सदन के भीतर से आवाज़ उठी।

विरेंद्र कुमार: “जो भी अपराधी है, बख्शा नहीं जाएगा।"

स्वराज पार्टी के कद्दावर नेता सतीश रंजन खड़े होते हुए गरजे।

सतीश रंजन: “अफ़वाह भी पूरी तरह से अफ़वाह नहीं होती। उसमें कहीं-न-कहीं कुछ सच्चाई होती है।आपकी बेटी और अभिमन्यु के बीच क्या कनेक्शन है? सदन को बताइए!”

विरेंद्र कुमार (आग-बबूला होते हुए): “आप अपनी सीमा लांघ रहे हैं... हद में रहिए!”

विपक्ष के नेता “सेम-सेम” के नारे लगाने लगे और माहौल गरमा गया।

विरेंद्र कुमार गुस्से से कुर्सी से उछल पड़े सीधा विपक्षी बेंच की तरफ़ उंगली तानकर बढ़े।

विरेंद्र कुमार: “जब से हम राजनीति में आए हैं, तुम लोगों की साँसें अटक गई हैं! हमने राजनीति को सौदेबाज़ी का नहीं, सेवा का ज़रिया बनाया है... और यही सच तुम्हें बर्दाश्त नहीं हो रहा।”

स्पीकर ने कई बार सभी से शांत होने का आग्रह किया लेकिन कोई सुनने-समझने को तैयार नहीं था। हालात बिगड़ते देख, स्पीकर ने अनिश्चित काल के लिए सदन को स्थगित कर दिया।

***

2-

सरकार ने भारी दबाव के बीच नम्रता मर्डर केस जैसे सनसनीख़ेज़ मामले की बागडोर एक ऐसे अफसर के हाथों में सौंपी, जिसने अब तक कई हाई-प्रोफ़ाइल हत्या मामलों की गुत्थियाँ सुलझाकर अपराधियों को बेनक़ाब किया था। शालिनी नगर थाने के गलियारों में अचानक से गहमागहमी तेज हो गई। इंस्पेक्टर विवेक की पहचान सिर्फ़ एक कड़क दमदार पुलिस अफ़सर की नहीं थी, बल्कि एक ऐसे खोजी दिमाग़ की थी जो “एक्स-रे मशीन” की तरह दिमाग को पढ़ने में काबिल था। उसके हाथ में चर्चित नम्रता मर्डर केस की फ़ाइल थी। विवेक पूरी फ़ाइल को उलट-पलटकर बड़ी बारीकी से पढ़ रहा था। उसकी आँखें हर पन्ने पर घूम रही थीं, जैसे किसी बारीक ख़राबी को ढूँढ़ रही हों। अचानक से उसके माथे पर बल पड़ने लगे।

विवेक अपनी नज़रें कांस्टेबल विमलेश पर टिकाते हुए।

विवेक: "ये आदमी तो बड़ा ईमानदार, जज़्बा-ए-हिंद टाइप का मालूम पड़ता है।"

विमलेश थाने में बरसों से अपनी कुर्सी पर एक ऐसे मौन वृक्ष की तरह था, जिसकी न तो भूख जागती थी और न ही प्यास बुझती थी। वह हर बदलते अफ़सर के लिए एक ऐसा स्थायी चेहरा था, जो ना कभी किसी के ख़िलाफ़ हुआ और

ना ही किसी के पक्ष में। कई इंस्पेक्टर आए और चले गए लेकिन वह अपनी जगह पर क़ायम रहा। विमलेश ने विवेक की बातों का समर्थन करते हुए।

विमलेश: "सो तो है, आपसे पहले जो थे, जमकर रगड़ाई की शरीर टूट गया...पर साला ज़ुबान से नहीं टूटा...सिद्धांत का बहुत पक्का आदमी है।"

विवेक की अभिमन्यु के बारे में जानने की जिज्ञासा बढ़ी, विवेक ने विमलेश को अपनी बात जारी रखने का इशारा किया। विमलेश अपनी पैंट का हुक ढीला करते हुए कुर्शी में बैठे -बैठे अपनी तोंद से नीचे सरकाता है।

विमलेश: "उसका हश्र यही होना था, बिना किसी कण्ट्रोल के स्पीड पकड़ली थी।"

कौशिक कारपोरेशन में हड़ताल से लेकर थाने में शमशेर द्वारा ठुकाई। विमलेश विस्तार से बताता जा रहा था, और विवेक शांत होकर उसकी हर बात सुन रहा था।

आखिर में विमलेश ने एक लंबी साँस भरी और अपने होंठों पर हल्की-सी मुस्कान लाते हुए।

विमलेश: "इस केस की जड़े बहुत गहरी लगती हैं..."

विवेक (अपनी कुर्सी से उठते हुए): "जानना ही तो है कि आख़िर इस केस की जड़ें कितनी गहरी हैं।"

विवेक थाने से निकलते हुए अपनी गाड़ी में बैठा और सेंट्रल जेल की ओर निकल पड़ा जहाँ अभिमन्यु बंद था।

***

3-

अभिमन्यु की उम्र तक़रीबन 28-30 साल थी। सालों से जेल की सलाखों के पीछे रहते-रहते चेहरा पूरी तरह से मुरझाया हुआ था, लेकिन आँखों में एक अजीब सी चमक और आत्मविश्वास झलक रहा था। अभिमन्यु एक बंद कोठरी में बाहर से आती हुई हल्की रोशनी को चुपचाप देख रहा था।

विवेक उस कोठरी के पास पहुँचकर ठिठक गया। काफ़ी देर तक अभिमन्यु वैसे ही चुपचाप बैठा रहा। विवेक ने अपनी उपस्थिति जाहिर नहीं की वो बस अभिमन्यु को दूर से देख रहा है।

“क्या तुमने उम्मीद छोड़ दी?” :विवेक ने धीमे स्वर में पूछा।

"नहीं... मैंने झूठ का सहारा छोड़ दिया...

मैं, मेरी आत्मा और मेरा सच... इन्हें संजोकर रखना चाहता हूँ।" :अभिमन्यु गहरे अंधेरे में अपना चेहरा छिपाते हुए बोला।

विवेक: “इस सत्य को संजोकर कहाँ ले जाओगे? मरने के बाद लोग तुम्हें संत कहेंगे? जो सामने है, लोग उसीको सच मानते हैं।”

अभिमन्यु अंधेरे से बाहर आता है और विवेक की ओर बढ़ता है। अब रोशनी में उसका चेहरा साफ़ दिखाई देने लगता है। जिसे देखकर कभी लोग उसके व्यक्तित्व से प्रभावित हुए बिना नहीं रह पाते थे... आज वही अभिमन्यु ज़िंदा लाश बन चुका था। उसका चेहरा फक्-सफ़ेद पड़ चुका था जैसे कई दिनों से न नहाया हो। बड़ी-बड़ी दाढ़ी, लाल आँखें अभिमन्यु बस विवेक को घूरता जा रहा था मानो उसे परखने की कोशिश कर रहा हो। विवेक हमदर्दी से अभिमन्यु के कंधे पर हाथ रखता है।

“अभिमन्यु, यदि तुम निर्दोष हो... सत्य के साथ हो? तो मैं तुम्हारे साथ हूँ।” :विवेक ने दृढ़ता से कहा।

(अभिमन्यु धीरे-धीरे इंस्पेक्टर विवेक को अपनी आपबीती सुनाने लगता है...)

***

4-

प्रयागराज के रहने वाले सुरेंद्रनाथ तिवारी पुराने रीति-रिवाजों और ख़्यालातों वाले इंसान थे। वहीं उनका बेटा अभिमन्यु बिल्कुल उलट था । पुराने रीति-रिवाजों से अलग सामाजिक जन-जागृति और रूढ़िवादी सोच के ख़िलाफ़ समय के साथ बदलाव का पक्षधर था। कविता-पाठ, मंचन और नुक्कड़ नाटक उसका जुनून था। एक तरह से उसके स्वाभाव में आवारगी, घुमक्कड़पन घर वाले हों या बाहर वाले "छुट्ट सांड" कहते। आज यहाँ तो कल वहाँ मानो कोई आवारा पंछी जो खुले आसमान में बंधनों से परे उड़ता रहता हो।

पिता को लगता था कि बेटे की शादी की उम्र निकलती जा रही है, इसलिए वह उस पर शादी का दबाव डालते रहते थे। एक दिन अभिमन्यु अपनी ही धुन में गुनगुनाते हुए कई दिनों बाद घर लौटता है। जैसे ही उसने घर के भीतर कदम रखा, बरामदे में बैठे सुरेंद्रनाथ की नजर पड़ी बिना किसी औपचारिकता या भूमिका के सीधे अपने गंभीर और ठोस लहजे में।

सुरेंद्रनाथ: “उमेश शास्त्री बहुत भद्र और शालीन इंसान हैं। समाज में उनकी प्रतिष्ठा है। अगर यह रिश्ता हो जाए, तो बहुत अच्छा रहेगा।”

“आजकल सब कुछ देखना पड़ता है...बाप को देखकर लड़की का रिश्ता नहीं होता।” :अभिमन्यु ने चिढ़ते हुए कहा।

सुरेंद्रनाथ ने माथे पर बल डाले और झुंझलाते हुए। सुरेंद्रनाथ :“तू कौन-सा कलेक्टर है? अच्छे रिश्ते बार-बार नहीं मिलते।”

“शादी, शादी, बच्चे पैदा करो, मर जाओ...इसके सिवाय ज़िंदगी में कुछ है ही नहीं? भगत सिंह, सुखदेव, राजगुरु सरीखे महापुरुषों ने कौन-सी शादी की थी? उनकी शान, प्रतिष्ठा में क्या कोई कमी हुई? शादी कर भी लेते तो क्या होता? गांधी जी ने शादी की, उनके बच्चों को आप जानते हैं?” :अभिमन्यु ने उत्तेजना में कहा।

सुरेंद्रनाथ चुप हो गए। कुछ पल कमरे में सन्नाटा पसरा रहा। अभिमन्यु ने सोचा कि सुरेंद्रनाथ अब समझ गए हैं और आगे शादी के लिए ज़िद नहीं करेंगे। वहाँ से जाने ही वाला था कि तभी सुरेंद्रनाथ ने झुँझलाहट भरे स्वर में व्यंग्य कसा। सुरेंद्रनाथ: “जा... भगत सिंह, राजगुरु, सुखदेव... सबकी आत्मा तेरे अंदर ही आ गई है। भारत का उद्धार तू ही करेगा।”

***

5-

उमेश शास्त्री स्कूल शिक्षक थे। घर-परिवार से सम्पन्न व्यक्ति, उनके घर में दो बेटियाँ और एक बेटा था। बेटा नौकरी के सिलसिले में कई सालों से दिल्ली में रह रहा था। बड़ी बेटी स्वाति की उम्र लगभग 25-26 वर्ष थी। दूसरी बेटी उससे दो साल छोटी।

घर-परिवार से लेकर मोहल्ले भर में स्वाति के गुणों की चर्चा होती थी। लोग अपने बच्चों को डाँटते हुए कहते : “बच्चे हों तो स्वाति जैसे।” पढ़ाई-लिखाई में जितनी होशियार, उतनी ही घरेलू कामों में निपुण। शांत, सौम्य और सुशील स्वभाव लेकिन एक ही बात बार-बार आकर सब कुछ दबा देती उसका साँवला रंग। लड़के वाले आते, देखते और बिना कुछ कहे लौट जाते। यही बात सीताशरण उमेश के पिता की चिंता का कारण बनी हुई थी।

सीताशरण (मन ही मन बुदबुदाते हुए): “जितनी जल्दी स्वाति की शादी हो जाए, उतना ही अच्छा...” स्वाति अपने कमरे में खिड़की के पास बैठी मन ही मन सोच रही थी; बार-बार का ये तमाशा, मैं कुछ कह दूंगी तो कहेंगे लड़की होकर जबान चलाती है। वहीं दूसरी तरफ उमेश शास्त्री बहुत प्रसन्न थे। उनके मन में एक ही संतोष था कि इस बार रिश्ता पक्का हो जाएगा। जैसे ही सुरेन्द्रनाथ अपने बेटे अभिमन्यु को लेकर द्वार पर पहुँचे, उमेश जी उनका स्वागत

करने दौड़े। दोनों के बीच ऐसा प्रेम और अपनापन उमड़ा कि मानो दशरथ और जनक का पुनर्मिलन हो गया हो। कुछ देर इधर-उधर की बातें होती रहीं।अभिमन्यु उदास मन से बैठा था, जैसे किसी ने उसे ज़बरदस्ती वहाँ बिठा दिया हो।

उमेश जी, अभिमन्यु से: "कैसा चल रहा है बेटा, काम?" "काम दुनिया करती है... हम तो बस नाम करते हैं।" अभिमन्यु ये कहते हुए खीज के साथ चेहरा दूसरी ओर घुमा लिया । उमेश जी को उसका जवाब कुछ समझ नहीं आया। फिर भी अभिमन्यु की तरफ़ देखकर मुस्कुरा दिया।

उमेश: "हाँ, सो तो है।"

थोड़ा संकोच करते हुए उमेश जी ने फिर सवाल किया।
उमेश: "कितनी कमाई हो जाती है ?"
"जो धंधा करे वही कमाए... हम तो केवल अंतरात्मा की सेवा करते हैं।" :अभिमन्यु धीरे-धीरे शब्द चबाते हुए ऐसे बोला मानो व्यंग्य कर रहा हो।

सुरेन्द्र दाँत पीसते हुए गुस्से से।
सुरेन्द्र: "सीधा-सादा जवाब नहीं दे सकता ?"

उमेश जी ने मौके की नज़ाकत समझी और तुरंत स्वाति को बाहर बुलाने के लिए कहा। कुछ ही देर में स्वाति शर्माते हुए चाय लेकर आई।बड़े सलीके से सबको नमस्कार किया और धीरे-धीरे चाय परोसने लगी।

समाज की यह विडंबना है कि चाहे पुरुष कितना ही आदर्शवादी क्यों न दिखे, मन ही मन उसकी चाहत एक सुंदर पत्नी की होती है। अभिमन्यु भी इस सोच से अछूता नहीं था। जैसे ही उसकी नज़र स्वाति के साँवले रंग पर पड़ी, उसके चेहरे की चमक फीकी पड़ गई। मन तो हुआ कि तुरंत उठकर वहाँ से चला जाए मगर संस्कार, लोक-रीति और मर्यादा ने उसके क़दम रोक लिए। उसने बिना कुछ कहे सिर झुका लिया और निगाहें दूसरी ओर मोड़ लीं।

सुरेन्द्र, स्वाति को देखकर खुश हो गए।

सुरेंद्र: "और बेटा, पढ़ाई कैसी चल रही है?"

स्वाति ने सर झुकाकर, थोड़ी झिझक के साथ उत्तर दिया।

स्वाति: "जी, अच्छी चल रही है।"

उमेश: "छत्तीस के छत्तीस गुण हैं, कोई कमी नहीं पाएँगे।"

सुरेन्द्र: "सो तो है... आपकी बेटी गुणों की खान है।"

उमेश, अभिमन्यु की ओर देखते हुए।

उमेश: "बेटा, तुम्हें कुछ पूछना हो तो पूछ लो।"

सुरेन्द्र बीच में ही टोकते हुए अभिमन्यु की ओर गुस्से से घूरते हुए।

सुरेंद्र: “अब क्या पूछना-पुछाना! मुझे पसंद है तो सबको पसंद है।”

(स्वाति की ओर देखते हुए): “बेटा, तुम जाओ।”

“लगता है, मेरी यहाँ कोई ज़रूरत नहीं... मुझे भी चलना चाहिए।” :अभिमन्यु कुढ़ते हुए, गुस्से में उठ खड़ा हुआ।

उमेश मौके की नज़ाकत समझते हुए।

उमेश: “कोई बात नहीं बेटा, ऐसा नहीं है... हम भी आज की युवा पीढ़ी के हिसाब से चलना चाहते हैं।”

उमेश जी अपनी छोटी बेटी बिन्नी की ओर इशारा करते हैं। बिन्नी, अभिमन्यु और स्वाति को बालकनी की ओर ले जाती है। दोनों को वहाँ अकेला छोड़ देती है।

“आपको कुछ पूछना है?” :अभिमन्यु, स्वाति को देखते हुए, सपाट लहजे में ।

स्वाति गंभीर और चिंता से भरे मिश्रित स्वर में अभिमन्यु की ओर देखती है।

स्वाति: “जी, पूछना तो आपको था... इसी लिए आप नाराज़ हो गए।”

“मैंने सुना है कि आप बहुत पढ़ी-लिखी और काफ़ी समझदार हैं। ज़ाहिर है, घर-परिवार के अलावा देश और समाज के बारे

में भी सोचती होंगी?" :अभिमन्यु हल्की मुस्कान के साथ, सीधे स्वाति की आँखों में देखते हुए सवाल करता है।

स्वाति (गंभीर स्वर में): "क्यों नहीं! सोचती हूँ। समाज का भला हो, हम अच्छे बनें, यह समाज अच्छा बने... इसकी चिंता भी करती हूँ। समाज और देश व्यक्ति से बनता है। हम अच्छे बनें तो हमारे आसपास की चीज़ें स्वतः ही अच्छी होने लगती हैं।"

अभिमन्यु: "जी... मैं कुछ समझी नहीं?"

अभिमन्यु, स्वाति के विचारों से प्रभावित तो हुआ उसके दिल ने एक बारी कहा तो तारीफ करे, लेकिन उसके मन ने उसे रोक दिया वो बस किसी कदर इस झंझट से छुटकारा चाहता था।

अभिमन्यु: "वैसे तो बात को घुमा-फिरा कर कहना मेरी आदत भी है और पेशा भी। लेकिन समयाभाव के कारण सीधे ही कहता हूँ... वैवाहिक जीवन में बढ़ने का मेरा कोई रुझान नहीं है।"

स्वाति: "यह तो आपका निर्णय है, जीवन आपका है, इसमें मेरा कोई बस नहीं। लेकिन इतना ज़रूर कहूँगी...औरत न तो किसी व्यक्ति की प्रगति में बाधक है, न ही उसका बोझ, बड़े-बड़े साधु, संत और संन्यासियों ने भी विवाह किया है।"

अभिमन्यु को कोई जवाब नहीं सूझ रहा था ,वो बस हाँ में सर हिलाकर वहाँ से जाने के लिए उठ खड़ा होता है ,स्वाति की ओर बिना देखे जाने लगा।

अभिमन्यु: "अब हमें चलना चाहिए।"

अभिमन्यु बाहर आ गया, उमेश और उनके पिता बड़ी आशा भरी निगाहों से अभिमन्यु की ओर देखा अभिमन्यु उनसे नजरें चुराते हुए अपने पिता की तरफ देखता है। सोचा सबके सामने मना करना ठीक नहीं है, घर पे बोल दूंगा।

अभिमन्यु: "ठीक है, अब मैं चलता हूँ।"

कह कर अभिमन्यु उनके घर से चला गया। वहीं सुरेंद्र प्रसन्न चित्त थे, उन्होंने सोचा अभिमन्यु को लड़की पसंद है। उमेश की तरफ मिठाई बढ़ाते हुए।

सुरेंद्र: “लीजिए, मुँह मीठा कीजिए, अब आपकी अमानत हमारी धरोहर हुई।"

उमेश (सकुचाते हुए): “जी! कुछ समझा नहीं ?"

सुरेंद्र (हँसते हुए): “अरे! इसमें समझना-समझाना क्या, जिसको समझना-समझाना था, वो समझ लिए, लड़के ने ठीक कहा मतलब ठीक, अब वो ये थोड़े कहेगा, नहीं मुझे अब शादी करनी ही है, अब आप जाने और आपकी बेटी, हमारी तरफ से तो हाँ है भाई।"

इतना सुनते ही उमेश अपनी कुर्शी से उचट पड़े, दोनों हाँथ जोड़ कर बड़े ही दीन कातर भाव से उनके पाँव पकड़ लिए।

उमेश: “ये तो मेरी बेटी का सौभाग्य है, अपने मेरी इज्जत रख ली।"

पूरे घर का मौहाल खुशनुमा हो गया, वहीँ स्वाति बुझी -बुझी सी अजीब पेशोपस में थी,उसने मुझे तो मना कर दिया, क्या मालूम उनसे जाकर उसने क्या कहा। स्वाति ने भी उसके और अभिमन्यु के बीच क्या बात -चीत हुई किसी को बताना उचित नहीं समझा।

***

6-

दोपहर का समय था। उमेश शास्त्री, सुरेन्द्रनाथ के घर पर सगुन लेकर आने वाले थे। घर के बाकी सदस्य स्वागत-सत्कार की तैयारी में जुटे हुए थे। उधर अभिमन्यु कवि-मंडली के साथ शहर से बाहर किसी कवि-सम्मेलन में गया हुआ था।

"बेटा डाल-डाल तो पिता पात-पात।" सुरेन्द्रनाथ को मालूम था कि अभिमन्यु दोपहर तक लौट आएगा। जैसे ही वह आएगा, सीधे सगुन लगाकर मंगनी की रस्म करवा लेंगे। अचानक सब होगा तो वह मना भी नहीं कर पाएगा। जवानी का जोश है...लड़के शुरू-शुरू में ऐसा ही करते हैं। शादी के बाद फिर लाइन में आ जाते हैं। सुरेन्द्रनाथ अपने दिमाग़ में यही सारी खिचड़ी पका रहे थे।

अभिमन्यु अपनी मस्ती में कंधे पर झोला टाँगे, कोई कविता गुनगुनाते हुए टेम्पो स्टैंड से पैदल ही घर की ओर चला आ रहा था। वहीं अभिमन्यु की बहन ऋतु, जिसकी ख़ुशी छुपाए नहीं छुप रही थी, घर के बाहर से ही अभिमन्यु को आते देख उसकी तरफ़ दौड़ी।

"बड़ी खुश नज़र आ रही है...कहीं सुरेन्द्रनाथ ने तेरी शादी तो नहीं पक्की कर दी?" :अभिमन्यु शरारत से ऋतु की चोटी खींचते हुए बोला।

ऋतु ज़ोर-ज़ोर से खिलखिलाते हुए।

ऋतु: “अरे मेरे प्यारे आवारा भैया, मेरी नहीं... आपकी!”

कहते हुए उसने अपनी आँखें मटकानी शुरू कर दीं।

“क्या बात करती है! ऐसे कैसे? मैंने तो पहले ही मना कर दिया था।” :अभिमन्यु चौंकते हुए, शक की नज़र से ऋतु की ओर देखता है।

ऋतु: “हूँ... सुरेन्द्रनाथ! वो भी किसी की सुनते हैं? उनका मन... ठान लिया, तो ठान लिया। स्वाति! आह... वाह भैया, क्या सुन्दर नाम है। असली कविता तो तुम्हारी वही बनेगी।”

अभिमन्यु से कुछ बोला ही नहीं गया। वह कुछ देर के लिए अवाक् रह गया और तरह-तरह के विचारों में उलझ गया मन ही मन विचार करने लगा।

क्या करूँ? क्या न करूँ? अब यहाँ रहना है तो सुरेन्द्रनाथ की बात तो माननी ही पड़ेगी... और यहाँ से जाऊँ तो जाऊँ कहाँ।

ऋतु ने उसकी तंद्रा तोड़ी और चुटकी लेते हुए।

ऋतु: “चलो घर, तुम्हारा ही इंतज़ार हो रहा है... वर राजा!”

“हाँ... हाँ... बस आ गया। तू चल, मैं ज़रा सेविंग बनवाकर आता हूँ।” :अभिमन्यु ज़बरन मुस्कुराने की कोशिश करते हुए बोला।

ऋतु ने ताना मारा और हँस पड़ी।

ऋतु: “अभी तक तो बड़ा भाव खा रहे थे... अब आ गए न लाइन पर।”

अभिमन्यु वहाँ से उठकर जाने लगा। पीछे से ऋतु ने आवाज़ दी।

ऋतु: “आ ही जाना!”

लेकिन अभिमन्यु वहाँ से सीधा निकल गया। उसे ख़ुद नहीं पता था कि कहाँ जा रहा है, क्यों जा रहा है... बस इतना था कि वह उस माहौल से उस स्थिति से दूर भाग जाना चाहता था। वह एक ऑटो पकड़कर सीधे प्रयागराज रेलवे स्टेशन पहुँच गया।वहाँ से दिल्ली जाने के लिए एक ट्रेन लगी हुई थी। अभिमन्यु बिना कुछ सोचे- समझे सीधे जनरल बोगी में चढ़ गया।

***

7-

आगे कुंआ, पीछे खाई, अभिमन्यु चुपचाप ट्रेन की खिड़की के एक किनारे बैठा हुआ था। ट्रेन अपनी रफ़्तार से सरपट दौड़ी चली जा रही थी। जनरल बोगी में ज़्यादातर गरीब कामगार और मज़दूर तबके के लोग ही बैठे थे, जो रोज़ी-रोटी की तलाश में दिल्ली में मेहनत-मज़दूरी करते थे। अभिमन्यु निराश भाव से ग़म में डूबा कभी उन सबके चेहरों की तरफ़ देखता और फिर अपने ही ख़्यालों में खो जाता।

अजनबी होकर भी सब यात्री आपस में इतनी आत्मीयता से बातें कर रहे थे, जैसे सभी एक ही परिवार का हिस्सा हों। इसी बीच उसकी ख़ामोशी और एकांत को देखकर एक बुज़ुर्ग ने ध्यान दिया। उसका नाम मंसुख था। उम्र ज़्यादा तो नहीं थी यही कोई पचास-पचपन के आसपास, लेकिन गरीबी और जी-तोड़ मेहनत ने शरीर को इस कदर झुका दिया था कि वह सत्तर वर्ष का बूढ़ा प्रतीत होता। बाल सफ़ेद और खिचड़ी, चेहरे की रंगत पूरी तरह उड़ चुकी थी, झुर्रियाँ लटक आई थीं।

सहसा अभिमन्यु का ध्यान अपनी ओर खींचते हुए मंसुख बोला।

मंसुख: “कहाँ जाओगे साहब ?”

“जहाँ ये क़िस्मत ले जाए...” :अभिमन्यु बिना मन के धीमे स्वर में आँखें झुकाए उत्तर देता है।

मंसुख को भी टाइम पास करने का बहाना चाहिए था, फिर सवाल करता है।

मंसुख: “दिल्ली जाओगे? नौकरी करते होगे? कहाँ रहते हो दिल्ली में?”

अभिमन्यु बात करने के मूड में नहीं था ,बात को सीधा टालने की वजाय बात को ऐसे कह दिया जाए की उसे समझ ना आए।

“ज़िन्दगी सफ़र हो गई है कि सफ़र से ही पूछता हूँ ज़िन्दगी का पता।” :मंसुख उसकी बातों से बहुत प्रभावित हुआ सांत्वना भरी निगाहों से अभिमन्यु की ओर देखने लगता है।

“बहुत पढ़े-लिखे लगते हो...कहीं न कहीं नौकरी मिल ही जाएगी।”

अभिमन्यु ना चाहते हुए भी मंसुख से बात करने लगा। दोनों बातचीत में ऐसे खोए कि कब दिल्ली पहुँच गए उन्हें पता ही न चला।

***

8-

ट्रेन से उतर कर जैसे-जैसे अभिमन्यु के कदम बाहर की तरफ बढ़ रहे थे, बढ़ते कदम के साथ उसका दिल बैठा जा रहा था। मन ही मन सोचने लगा; ऊपर आसमान नीचे धरती, कहाँ जाऊँ, क्या करूँ। जेब में हाँथ डालता है देखा दो -तीन सौ पड़े थे। उन्हें ऐसे संभाल कर रखता है, जैसे जिंदगी की बस यही आखरी उम्मीद हो, कब कहाँ जैसे जरुरत पड़े ,इसे भी खर्च कर दूंगा, फिर क्या करूँगा। रेलवे स्टेशन के बाहर ही फुटपाथ पे बैठ जाता है। दिल्ली में उसका ऐसा कोई तो परिचित या जान-पहचान वाला नहीं था, जिसके पास चला जाए। अचानक से उसके होंठों पे हँसी बिखर गई,मुस्कुराते हुए अपने में ही।

अभिमन्यु: "वैसे रहता तो स्वाति का भाई भी यहीं है, सुरेंद्रनाथ बता रहे थे। मन मारते हुए खैर वो सब तो पीछे छूट गए, उनके होने न होने से क्या फर्क पड़ता है।"

अभिमन्यु ट्रेन से उतरने के बाद रेलवे स्टेशन के बाहर आती-जाती टैक्सियों और बसों को देखता खड़ा था। उसे समझ नहीं आ रहा था कि कहाँ जाना है। वह गहरी सोच और चिंता में डूबा खड़ा था। तभी पीछे से किसी ने आवाज़ दी।

“कहाँ जाओगे भैया?”

अभिमन्यु पीछे मुड़ कर देखा तो वो मंसुख था।

“पता नहीं, कहाँ जाना है...” :अभिमन्यु थके स्वर में, आँखें नीची किए हुए बोला।

मंसुख: “ग़रीब ज़रूर हूँ, मगर दिल से नहीं। चलो तो मेरे साथ।”

अभिमन्यु का दिल थोड़ा हल्का हो गया। कम-से-कम रहने का ठिकाना तो मिल ही जाएगा। आगे देखा जाएगा कि क्या करना है। वह मंसुख के साथ उसके चॉल में पहुँच गया।

जगह-जगह नालियों से बहता गंदा पानी, कूड़े के ढेर, मच्छरों का झुंड, हर तरफ़ गंदगी फैली हुई थी। एक पल को तो उसका मन हुआ कि भाग खड़ा हो, लेकिन जाए तो जाए कहाँ! छत जैसी भी हो, होती तो छत ही है। कल्पनाओं की दुनिया से निकलकर अब अभिमन्यु का सामना वास्तविक दुनिया से होने वाला था। अभिमन्यु, मंसुख के साथ उसी चॉल में रहने लगा।

सुबह से ही वह अपना बायोडाटा लेकर नौकरी की तलाश में निकल जाता। पूरा महीना भटकता रहा, लेकिन योग्यता के हिसाब से ढंग की नौकरी नहीं मिल पा रही थी। धीरे-धीरे उसकी बची-खुची जमा पूंजी भी ख़त्म होने लगी हर रोज़ शाम को मंसुख वही सवाल करता: “आज कहीं नौकरी मिली?”

और हर बार अभिमन्यु बस चुपचाप सिर झुका देता। खाने-पीने का भी कोई ठिकाना न था।

जो मिले जैसे भी मिले उसी से किसी तरह गुज़ारा हो जाता। एक दिन शाम को अभिमन्यु बेहद उदास और ग़मगीन-सा चेहरा लिए मंसुख की चॉल के बाहर ही बैठा था। मंसुख पास आया, उसके कंधे पर हाथ रखते हुए।

मंसुख: " तुम्हारे जितना पढ़ा-लिखा तो नहीं हूँ, लेकिन ज़िंदगी का अनुभव यही कहता है, पेट सिर्फ़ रोटी माँगता है। जैसे भी मिले... इंसान तो चोरी तक करता है।"

अभिमन्यु, मंसुख को दादा कह कर बुलाता था।

अभिमन्यु: "दादा... ये काम तो मुझसे न होगा।" थोड़ी देर ठिठक कर, भारी मन से फिर बोला: "चोरी से अच्छा तो मरना मंज़ूर है।"

मंसुख ने अभिमन्यु का हाथ कसकर पकड़ लिया।

मंसुख: "अरे पगले, चोरी क्यों करेगा? चल मेरे साथ।"

"कहाँ... मरने?" :अभिमन्यु आश्चर्य से मंसुख की तरफ देख कर बोला।

मंसुख: "नहीं रे, फैक्ट्री! जहाँ मैं काम करता हूँ। मैनेजर से बात कर देखता हूँ। शायद तेरे लिए भी कोई काम निकल आए।"

मंसुख की बातें सुनकर अभिमन्यु के दिल को थोड़ी तो रहत मिली, मन ही मन सोचता है रहने खाने का बंदोबस्त हो जाए फिर देखते हैं आगे क्या होता है।

***

9-

कौशिक कारपोरेशन फ़ैक्ट्री के बाहर बेरोज़गारों की लंबी कतार लगी थी। सैकड़ों लोग अपना बायोडाटा हाथ में दबाए खड़े थे। हर चेहरे बस इसी उम्मीद में दिख रहे थे कि नौकरी मिल जाए। मंसुख ने अभिमन्यु से जिस मैनेजर के विषय में बताया था जिसे फैक्ट्री वाले मजूमदार साहब कह कर बुलाते थे। मजूमदार एक गद्दीदार कुर्सी पर बैठा एक-एक करके सबके काग़ज़ देख रहा था। जिसे ठीक समझता, उसे एक तरफ़ कर देता और बाक़ी को ठीक है बाद में बताएँगे कह कर भेज देता। अभिमन्यु की बारी आई उसने अपना बायोडाटा और डिग्रियाँ आगे बढ़ाईं।

मजूमदार, अभिमन्यु को गौर से देखते हुए नज़र दौड़ाई अपना सिर हिलाते हुए।

मजूमदार: “ये नहीं चलेगा, टेक्निकल काम है, BA-MA वालों का यहाँ कोई काम नहीं।”

अभिमन्यु के चेहरे की रंगत ही उड़ गई ।

“टेक्नीकल भले ही नहीं हूँ, कोई भी काम दे दीजिये बड़ी जल्दी सीख जाता हूँ ।”

अभिमन्यु ने बड़ी विनम्रता से कहा।

मजूमदार: “तुम लोगों को मैं खूब जानता हूँ। एक-दो महीने काम करोगे, सीखते ही निकल जाओगे।”

“आप जितनी सैलरी देंगे, उससे कई गुना मेहनत करके दूँगा।” :अभिमन्यु, आत्मविश्वास के साथ इस बार जवाब दिया।

मजूमदार कुछ पल चुप रहा, फिर ठंडी साँस भरते हुए।

मजूमदार: “चलो, ठीक है...देखता हूँ ।”

अभिमन्यु को एक तरफ़ खड़ा कर दिया, जिस तरफ और भी लड़के खड़े थे जिन्हें काम पे रखना था। उस दिन अभिमन्यु को 15 हज़ार रुपये की तनख्वाह पर मशीन ऑपरेटर की नौकरी मिल गई। कौशिक कार्पोरेशन एक टेक्सटाइल कंपनी थी जहाँ दिन-रात कपड़ा बुना जाता था। अगले ही दिन से अभिमन्यु रोज़ सुबह-सुबह फैक्ट्री जाने लगा। दिन के 10 से 12 घंटे मशीनों के बीच रहते काम करते जैसे वो ख़ुद भी किसी मशीन का हिस्सा बन गया हो।

काम बेहद जोखिम भरा था। ज़रा-सी ग़लती अगर रंग में तालमेल बिगड़ जाए या शेड असमान हो जाए, तो लाखों का

पूरा लॉट बर्बाद हो जाता। मजूमदार दिन भर मज़दूरों पर चिल्लाता, गालियाँ बरसाता ताकि किसी से कोई चूक ना हो, मालिक को नुक़सान ना उठाना पड़े।

अभिमन्यु अपने काम में बड़ी सावधानी से लगा रहता। शिकायत का कभी एक भी मौका नहीं देता । महीनों बीत गए अभिमन्यु उसी तरह, कोल्हू के बैल की तरह, रोज़ उसी चक्र में घूमता रहा। पर उसके भीतर कुछ और ही चल रहा था। अंदर ही अंदर उसका मन व्यथित था वहाँ काम करने वाले मज़दूरों की हालत देखकर बड़ी दयनीय स्थिति थी ।उन सबकी जिंदगी धूल, शोर, पसीना और मशीनों की चरमराहट के बीच ज़िंदगी पिस रही थी। ना आराम, ना ढंग का खाना, मज़दूर बदतर हालत में जी रहे हैं, जैसे कैद में बंधुआ गुलाम की तरह ।"

***

10-

एक दिन मंसुख रोज़ की तरह मशीन पर काम कर रहा था। उस दिन अचानक उससे एक छोटी-सी गलती हो गई। मजूमदार गुस्से से तिलमिला उठा उसने गाली-गलौज शुरू कर दी। सभी सन्न रह गए, सभी उसी तरफ दौड़े क्या मालुम क्या हो गया । बाकी मज़दूर दूर खड़े सहमे बस तमाशा देख रहे थे। किसी की हिम्मत नहीं थी कि कुछ बोल सके। मानो मजूमदार इंसान नहीं, कोई शिकारी जानवर हो जो सामने वाले को फाड़ ही डालेगा।

अभिमन्यु भागता हुआ वहाँ पहुँचा। उसने देखा मंसुख झुका हुआ है, आँखों में आँसू हैं और मजूमदार का गुस्सा सिर पर सवार है। कुछ देर बाद मजूमदार अपनी भड़ास निकाल कर चला गया।

“दादा, आपने कुछ कहा क्यों नहीं?”: अभिमन्यु आगे बढ़कर मंसुख का कंधा सहलाते हुए, नरम आवाज़ में पूँछा।

मंसुख: “ गरीब तो खुद में ही एक गाली है।”

“नहीं दादा! वो बद्‌तमीज है तो हम उसे तमीज सिखाएंगे।” : अभिमन्यु अंदर ही अंदर गुस्से से जल रहा था।

इतने में कुछ और मज़दूर भी पास आ गए। एक ने कांपती आवाज़ में कहा: “तो क्या करोगे? उससे लड़ोगे? अगर नौकरी ही छिन गई तो? यही तो हमारी रोज़ी-रोटी है।”

“यही तो उनकी ताक़त है... हमारी मजबूरी! अगर हम सब एकजुट हो जाएँ, साथ खड़े हों... नहीं गुलामों की तरह पिसते रहो ।” :अभिमन्यु चारों ओर थके हुए चेहरों को देख कर कहा।

मजूमदार ने मज़दूरों को आपस में बातें करते देखा। उसकी आँखें गुस्से से लाल हो गईं। वो सीधे अभिमन्यु की तरफ़ गुस्से से तमतमाते हुए उसका गला पकड़ने के लिए आगे बढ़ा।

मजूमदार: “साले! मैंने पहले ही कहा था, तुझे नहीं रखना चाहिए था। तू काम से ज़्यादा नेतागीरी करता है!”

इतना कहकर वो अभिमन्यु का कॉलर पकड़ने को हुआ। लेकिन इससे पहले कि कोई समझ पाता

“धड़ाक!” अभिमन्यु ने एक जोर का थप्पड़ मजूमदार के गाल पर जड़ दिया । मजूमदार के कानों पे सांय -सांय की आवाज गूंजने लगी।

पूरा हॉल सन्नाटे में जम गया। सारे मज़दूर हक्के-बक्के रह गए। किसी ने ऐसा नज़ारा पहले कभी नहीं देखा था।

मजूमदार (गालियां बकते हुए): बा ** माँ **"

इस बार तो अभिमन्यु ने आव -देखा ना ताव जल्दी -जल्दी फटा-फट मजूमदार के पूरे शरीर पे मुक्के,लात,घूसे, बेदम होने तक पीटा।

मजूमदार अपनी जान छुड़ाते हुए भागने लगा चिल्लाते हुए।

मजूमदार: " इसे बाहर मत जाने देना ,इसे पकड़ के रखना !!"

गार्ड पहले तो दूर से खड़े होकर वो भी मजे ले रहा था। लेकिन अभिमन्यु जिस गति से मजूमदार की धुनाई कर रहा था, गार्ड ने सोचा मामला कहीं गड़बड़ ना हो जाए। गार्ड तेजी से अभिमन्यु की ओर दौड़ते हुए बढ़ा। जैसे ही उसने अभिमन्यु को पकड़ने के लिए हाथ बढ़ाया।

अभिमन्यु: "याद रखना... तू भी मज़दूर है। ये थप्पड़ मैंने अपने लिए नहीं मारा... ये मैंने तुम सबकी इज़्ज़त के लिए मारा है।" उंगली दिखाते हुए अभिमन्यु को जब लगा मजूमदार की पर्याप्त धुलाई हो गई है, समझाइश देकर वहाँ से बाहर निकल गया। मज़दूर अब भी स्तब्ध थे, उन्हें कुछ समझ नहीं पड़ रहा था। उनके मन में एक अनकहा सा डर तो था कि आगे क्या होगा।

***

11-

अभिमन्यु द्वारा मजूमदार की पिटाई तो महज अलाव की आग थी। मज़दूरों के दिल में बरसों से दबी हुई नफ़रत अब लावा बनकर फटने के लिए तैयार थी। मजूमदार ने ये बात वहीँ दबा दी थी। ऊपर मालिक तक नहीं पहुँच पाई। गलती मजूमदार की थी इसलिए मजूमदार खून के घुट पी कर रह गया। लेकिन अंदर ही अंदर उन्हें सबक सिखाने को मचल रहा था। मज़दूरों ने अब तो उससे दुआ-सलाम करना छोड़ दिया था। उस घटना के बाद उनके दिल-दिमाग से उसका ख़ौफ़ निकल चुका था।

एक दिन कुछ मज़दूर आपस में गपशप कर रहे थे। उनके साथ मंसुख भी था। मंसुख ज़ोर-ज़ोर से ठहाके लगा रहा था। मजूमदार को लगा कि वे उसी का मज़ाक बना रहे हैं। उसने आव देखा न ताव, आगे बढ़कर मंसुख को ज़ोर से धक्का दे दिया। मंसुख का सिर मशीन की एक ग्रिल से टकरा गया। वह लहूलुहान हो कर नीचे गिर गया।

मंसुख (गुस्से से आग-बबूला होकर): “बस... अब और नहीं सहेंगे!”

और फिर देखते ही देखते सैकड़ों मज़दूर एकत्र हो गए। तोड़-फोड़ करने लगे।

मजूमदार को जिसका जितना मन पड़ा, लात-घूँसों से पीटा, मजूमदार भाग खड़ा हुआ। फैक्ट्री का काम बंद पड़ गया। पुलिस और प्रशासन के लिए हालात काबू में लाना मुश्किल था। डंडे चले, गोलियाँ भी चलीं लेकिन भीड़ थमने का नाम नहीं ले रही थी। आख़िरकार जो मिला पुलिस ने उसे ट्रक में ठूँस-ठूँसकर ले गई। कंपनी का मालिक शरद कौशिक की उम्र लगभग साठ साल थी।

शरीर ठिगना और गठीला था, छाती चौड़ी, पेट थोड़ा निकला हुआ, पर कंधों पर अब भी ताक़त झलकती थी। गले में हमेशा मोटी सोने की चेन रहती और हाथों में मोटी अंगूठियाँ। चेहरा चौड़ा और झुर्रियों से भरा हुआ, रंग गेहुँआ, ऐशो-आराम और शराब की वजह से चेहरे पर सुर्ख़ी और भारीपन आ गया था।

शरद कौशिक अपने आलीशान ऑफिस में कुर्सी पर बैठा था। पीछे दीवार पर बड़े-बड़े फ़्रेमों में उसकी तस्वीरें लगी थीं राजनेताओं और बड़े उद्योगपतियों के साथ। ये तस्वीरें उसके रसूख और ताक़त का अहसास कराती थीं। उसके चेहरे पर गुस्से और डर का मिला-जुला भाव था। सामने मजूमदार अपना सिर झुकाए खड़ा था।

मजूमदार (थरथराती आवाज़ में): “ये सब उसी लड़के ने करवाया... परसों ही उसने मुझे मारा था। अभिमन्यु नाम है उसका।”

शरद कौशिक ने मेज़ पर मुक्का मारा और मोबाइल कान से लगाते हुए किसी को फ़ोन घुमाते हैं।

“कोई अभिमन्यु नाम का लड़का है... फैक्ट्री में ही काम करता था।”

उधर से आवाज़ आई: “ठीक है, साहब। पकड़ लेंगे।”

मजूमदार सिर झुकाए खड़ा था, जैसे किसी की मय्यत पर आया हो। शरद कौशिक का करोड़ों का नुक़सान पहले ही हो चुका था सिर्फ उसी की वजह से।

शरद कौशिक (चीखते हुए): “भड़वे! तू कभी मुझे दिखना नहीं ।”

मजूमदार गिड़गिड़ाते हुए, रुंधे गले और भारी क़दमों के साथ वहाँ से चला जाता है।

***

12-

अभिमन्यु को मंसुख की चाल से पुलिस उठा ले गई। उधर मीडिया में अभिमन्यु के बारे में जानने की होड़ मची थी, मामला बड़ा संवेदनशील था इसलिए किसी मीडिया कर्मी को अभिमन्यु से मिलने की इजाजत नहीं दी गई थी। शरद कौशिक एक बहुत पावरफुल रसूख़दार आदमी था। अपने राजनीतिक रसूख़ का इस्तेमाल कर जितने भी लोग इस कांड में शामिल थे, उन सबके ख़िलाफ़ संगीन आपराधिक मामला दर्ज करवाकर न्यायालय में पेश करवा दिया।

वहीँ थाने का इंचार्ज शमशेर मोटी चमड़ी का घूसख़ोर पुलिस वाला था। शरद कौशिक ने उसकी जेब पहले ही गर्म कर दी थी, अब वह पागल कुत्ते की तरह मालिक का वफादार बनने के लिए जब मन आता मजदूरों को गन्दी-गन्दी गलियां बकता, डंडा लेकर अंधाधुन्द पिटाई करता।

ख़ासकर अभिमन्यु उसके निशाने पर था, बाकी सब तो अनपढ़ ग़रीब मज़दूर थे, जो पहले से मरे हुए हैं, उन्हें मारने से क्या लाभ। शमशेर, कॉन्स्टेबल विमलेश को अभिमन्यु जिस सेल में बंद था किसी चार्जशीट पेपर में साइन करवाने के लिए भेजता है। कॉन्स्टेबल विमलेश सेल के अंदर से ही शमशेर को आवाज़ लगाता है।

विमलेश: “साहब, मान नहीं रहा, अकड़ दिखा रहा है।”

शमशेर (सिपाही को आवाज़ देते हुए): “जा, वो वाला डंडा ला ।”

सिपाही: “कौन सा वाला ?”

शमशेर, अगड़ाई लेते हुए जैसे ही खड़ा होता है, सिपाही हड़बड़ाते हुए उठ बैठता है। “समझ गया।” कहते हुए चला जाता है।

उधर शमशेर, अभिमन्यु की सेल में पहुँचता है। एक डंडा उसकी पीठ पर मारते हुए ।

शमशेर: “साले, तुझे बहुत गर्मी है।”

अभिमन्यु (अकड़ते हुए): "उल्टा बोल गए।"

अभिमन्यु के इतना कहते ही शमशेर अपना स्पेशल वाला डंडा लेकर अभिमन्यु की खूब पिटाई करता है।

***

13-

अभिमन्यु को मुख्य अभियुक्त के रूप में अदालत में पेश किया गया। बाहर मीडिया कर्मियों की भीड़ जमा थी। अब तक उनके पास अभिमन्यु का सिर्फ़ नाम और चेहरा था, उसके बारे में ज़्यादा जानकारी नहीं थी। वे अभिमन्यु से मिलकर उसका पक्ष भी जानना चाहते थे।

मज़दूरों के पक्ष से सरकारी वकील था। सरकारी वकील मानवीय संवेदना के आधार पर भावनात्मक कई दलीलें दीं, लेकिन कोई ठोस सबूत न होने के कारण बेल नहीं मिल पाई। जो भी अभियुक्त हिरासत में थे, उन सबको जज ने नॉन-बेलेबल कस्टडी में रखने का आदेश दिया। कोर्ट रूम से बाहर पहली बार मीडिया का सामना अभिमन्यु से हुआ। अभिमन्यु को देखते ही मीडिया कर्मी उस पर टूट से पड़े।

सवाल पर सवाल दाग़ने लगे :

“क्यों किया?”

“कैसे किया?”

“अपनी सफ़ाई में क्या कहना है?”

अभिमन्यु के पूरे शरीर में चोट के निशान थे, जो साफ़ बयान कर रहे थे कि उसकी हवालात में खूब धुनाई हुई थी। उधर

पुलिस वाले अभिमन्यु को धक्का देते हुए जल्दी-जल्दी में अपनी वैन में बैठाने लगे।

अभिमन्यु: "ये अधिकारों की लड़ाई है, ख़ून पानी होने तक जारी रहेगी।"

मीडिया कर्मियों के सामने इतना कहकर वह भीड़ में खो गया। तभी काले कोट में एक जयंत नाम का एक शख़्स अभिमन्यु की तरफ बढ़ता है।

अभिमन्यु को अपना परिचय देता है: "मैं तुम्हारा केस लड़ना चाहता हूँ।"

इतने में पुलिस वाले अभिमन्यु को धक्का देते हुए खींच ले गए... अभिमन्यु के जोश, उत्साह और बेफ़िक्रा अंदाज़ को देखकर, जो इतना मार खाने पर भी मुस्कुरा रहा था, जयंत वहीं खड़े-खड़े मन ही मन कहता है :

"इस लड़के में बात तो है..."

***

14-

भारत चेतना टीवी देश का एक प्रतिष्ठित न्यूज़ चैनल था। उसकी न्यूज़ एंकर नम्रता जब सवाल करती तो अच्छे-अच्छों की घिग्घी बंध जाती। अपने सवालों में नेताओं को ऐसे उलझाती कि बड़े-बड़े घाघ नेता बगले झाँकने लगते। वह एक पारखी नज़र की पत्रकार थी। टीवी पर जेल से बाहर निकलते हुए अभिमन्यु की फुटेज देखकर ही समझ गई कि ये कोई मामूली इंसान नहीं है, इसमें कुछ ख़ास है। नम्रता की भी पुलिस महकमे में पकड़ कम नहीं थी। उसने जुगाड़ कर जेल से ही अभिमन्यु का इंटरव्यू करने का सोचा।

नम्रता (अपने सहयोगी अतुल से): “क्या कहते हो?”

“मैं तो हर समय तैयार ही रहता हूँ।”

अतुल अपना कैमरा उठाते हुए।

नम्रता: “तो फिर चलो।”

नम्रता अपने सहयोगियों की टीम लेकर थाने पहुँच गई जहाँ अभिमन्यु बंद था। थाने में इंस्पेक्टर शमशेर नहीं था। कॉन्स्टेबल विमलेश कुर्सी लगाए आराम से बैठा था। जैसे ही नम्रता को देखा, मानो उसके पैरों तले मानो ज़मीन खिसक गई।

अनायास ही उसके मुँह से निकल गया:

"अब तो नौकरी गई..." :कहते हुए नम्रता की ओर लपका।

विमलेश: "मैडम, आप और यहाँ इस ग़रीब खाने में क्या कर रही हैं?"

नम्रता: "आज यहीं से बुलेटिन होगा।"

विमलेश (गिड़गिड़ाते हुए): "मैडम, ऐसा मत करिए, साहब नहीं हैं।"

नम्रता (अपराधियों की सेल की तरफ़ बढ़ते हुए): "कहाँ है वो लड़का?"

कॉन्स्टेबल विमलेश जैसे कुछ समझा ही नहीं बकझक करने लगा।

अतुल, विमलेश की हालत देखकर ।

अतुल: "अभिमन्यु ..."

विमलेश: "मैडम, कहाँ आप इन मज़दूरों के चक्कर में पड़ती हैं? आपका इतना कीमती समय है... मेरा ले लीजिए, शायद आपके चरण पड़ने से मेरा भाग्योदय हो जाए।"

तभी नम्रता की नज़र एक लॉकर की तरफ़ पड़ी। एक क़ैदी बिल्कुल अस्त-व्यस्त हालत में पड़ा था, जैसे उसे खूब पीटा गया हो, खाना-पीना न दिया गया हो।उसके मुँह से 'पानी-पानी' की रट सुनाई पड़ रही थी।

नम्रता, उसके पास ही बैठे एक क़ैदी से पूँछा :
"यहाँ अभिमन्यु कौन है?"

क़ैदी, जो नीचे फ़र्श पर औंधे मुँह लेटा था, उसकी तरफ़ इशारा करते हुए बोला: "यही है।"

नम्रता, गुस्से से कॉन्स्टेबल की ओर घूरते हुए उसकी नेम प्लेट देखती है, जिसमें उसका नाम लिखा था - विमलेश।

नम्रता: "विमलेश, ये क्या है?"

उधर अतुल जल्दी-जल्दी सब अपने कैमरे में शूट करने लगा। विमलेश के चेहरे से हवाइयाँ उड़ गई थीं। उसे कुछ बोल ही नहीं आ रहा था कि क्या कहे।

नम्रता (अभिमन्यु की ओर घूमते हुए): "हैलो, मिस्टर अभिमन्यु।" अभिमन्यु ने कोई प्रतिक्रिया नहीं दी।

नम्रता (फिर से आवाज़ देते हुए): "मुझे मालूम है तुम्हारे साथ ग़लत हुआ है। यू केन टॉक टू मी, माय नेम इज नम्रता, भारत चेतना न्यूज़।"

(तुम मुझसे बात कर सकते हो, मेरा नाम नम्रता है, भारत चेतना न्यूज़।)

अभिमन्यु कराहते हुए उठता है।

नम्रता: "तुम्हारी ये हालत किसने की?"

“ग़रीब अपनी हालत के लिए ख़ुद ही ज़िम्मेदार है कि वो ग़रीब क्यों है।” :अभिमन्यु बड़ी बेरुख़ी से नम्रता की ओर देख कर उत्तर देता है।

नम्रता: “तुम्हें न्याय दिलवाना चाहती हूँ।”

अभिमन्यु: "मैडम ! गरीब और कमजोर आदमी न्याय की सिर्फ भीख मांग सकता है क्योंकि ये अमीरों की पूंजी है उनका अधिकार है, वो जिसे चाहे दें या ना दें।”

हँसते हुए अपना मुँह दूसरी तरफ कर लेता है। नम्रता सान्त्वना भरी नज़र से अभिमन्यु की तरफ़ देखते हुए।

नम्रता: “गरीब की खुद्दारी ही उसकी सबसे बड़ी ताकत होती है।”

नम्रता ने बड़ी समझदारी से अभिमन्यु को अंदर तक टटोला। अभिमन्यु ने शुरू से लेकर अंत तक क्या हुआ, कैसे हुआ, पूरा दृष्टांत कह सुनाया। उधर कॉन्स्टेबल विमलेश दीवार से कान सटाकर सुन रहा था। उसकी सिट्टी-पिट्टी ग़ोल थी। नम्रता अपना इंटरव्यू ख़त्म कर जैसे ही बाहर निकली, कॉन्स्टेबल विमलेश हाथ जोड़कर खड़ा था। विमलेश: “मैडम, मेरी इसमें कोई ग़लती नहीं है। मैं तो बस टट्टू हूँ, खाली ड्यूटी बजाता हूँ।”

नम्रता बिना कुछ बोले वहाँ से निकल गई। बाहर निकलते ही मज़दूरों ने उसे घेर लिया। एक मज़दूर नम्रता के सामने आ जाता है।

मज़दूर (रोते हुए): “माई-बाप... हमारे साथ ग़लत हुआ है। हमारी आवाज़ दबाई जा रही है। हमारी कहीं कोई सुनवाई नहीं।”

नम्रता उस मज़दूर को आश्वासन देती है।

नम्रता: “अब आपकी आवाज़ पूरा देश सुनेगा।”

***

15-

नम्रता का डिबेट शो “इंडिया की आवाज़” देशभर में एक पॉपुलर हिट शो था। बड़े से बड़े नेता, समाजशास्त्री, धर्मावलंबी, सामाजिक कार्यकर्ता इस शो में शिरकत करने आते। उधर नम्रता ने कौशिक कारपोरेशन की चार्जशीट निकलवा ली। उस मुद्दे से जुड़े सभी लोगों को इस बहस में बुलाया था। सत्ता पक्ष, विपक्ष समेत बड़े-बड़े सामाजिक कार्यकर्ता, यहाँ तक कि कॉन्फ्रेंस में कंपनी के एम.डी. शरद कौशिक को भी उसका पक्ष जानने के लिए बुलाया गया और

वो मैनेजर मजूमदार भी जो इन सब घटनाओं के पीछे मुख्य रूप से ज़िम्मेदार था।

न्यूज़ की हेडलाइन चला दी-
“मज़दूर की चित्कार, खामोश है सरकार।”

इस बहस में मंसुख को भी बुलाया गया था। मंसुख ने उस मैनेजर के व्यवहार और कंपनी कल्चर का पूरा कच्चा-चिट्ठा खोलकर रख दिया। डिबेट काफ़ी गरमा-गरम बहस में छिड़ गई। उधर फ़ैक्ट्री का मैनेजर मजूमदार, अभिमन्यु और मज़दूरों की साज़िश बता रहा था।

नम्रता ने अभिमन्यु के साथ हुए जेल में दुर्व्यवहार का पूरा वीडियो सुनाया। विपक्ष और सामाजिक कार्यकर्ताओं ने सरकार को जमकर लताड़ना और आलोचना करना शुरू कर दिया। वहीं सरकारी प्रवक्ता और कौशिक कारपोरेशन का मालिक ख़ुद को डिफ़ेंड करते नज़र आए। इस डिबेट से जनता के मन में मज़दूरों के प्रति सहानुभूति बढ़ने लगी।

सोशल मीडिया से लेकर सड़कों तक सरकार और प्रशासन पर दबाव बढ़ने लगा। चारों तरफ़ से बढ़ते दबाव को देखते हुए सरकार ने तत्काल प्रभाव से शमशेर बहादुर को हटा दिया। वहीं कंपनी के मालिक शरद कौशिक और उसके मैनेजर के ख़िलाफ़ एफ़.आई.आर. दर्ज हो गई।

मामला पूरी तरह से 180 डिग्री बदल गया। शरद कौसिक जहाँ ये सोच रहा था कि इस घटना में जो मज़दूर शामिल थे उन्हें सज़ा हो और सरकार से मुआवज़ा मिले, वहीं उल्टा हो गया - उसके जेल जाने की नौबत आ गई। जयंत उन सब मज़दूरों के लिए फ़रिश्ते की तरह अचानक से आया। अभिमन्यु सहित उसके साथ जो मज़दूर जेल में बंद थे, जयंत ने मजदूरों की तरफ से गवाह और तथ्य रखे अदालत से सभी मजदूरों को बेल मिल गई।

***

16-

कई महीनों बाद अभिमन्यु को खुली हवा में साँस लेने का मौका मिला। मीडिया ने अभिमन्यु और जयंत को किसी हीरो की तरह प्रस्तुत कर दिया था, लेकिन असलियत यह थी कि मज़दूरों के पास तो खाने के भी लाले पड़े थे। रोज़गार छिन चुका था, पेट ख़ाली था। जेल से निकलकर अभिमन्यु यूँ ही इधर-उधर सड़कों पर भटक रहा था। जिन लोगों ने उसे टीवी पर देखा था, रास्ते में गुजरते समय उत्सुकता से उसे निहारते।

“लोग हमें ऐसे क्यों घूर रहे हैं?”: मंसुख धीरे से मंसुख से सहमी नज़रों से चारों ओर देखते हुए कहा।

अभिमन्यु (हँसते हुए): “लोगों का क्या...उन्हें बस मसाला चाहिए।”

“मसाले से याद आया... मुझे तो ज़ोरों की भूख लगी है।” :अभिमन्यु पेट पर हाथ फेरते हुए कहा।

मंसुख: “जेब में पैसे हैं ?”
भौंहें चढ़ाकर गंभीरता से अभिमन्यु की तरफ देखता है।

“पैसे जेब में नहीं... दिमाग़ में होने चाहिए।” :अभिमन्यु हल्की मुस्कान फेंकते हुए आँख दबाई।

मंसुख: “तो फिर... चलो।”
मंसुख भूख से बेबस हाँ में सिर हिलाया। दोनों अंदर गए और पेट भरकर खाना खाया। जैसे ही खाना ख़त्म हुआ, वेटर ने बिल थमा दिया।

मंसुख (डकार लेकर, आँखें मिचकाते हुए): “ऐसा खाना पहले कब खाया था... मुझे तो याद भी नहीं।”
“हज़ार रुपये! ...अब क्या करें?” :अभिमन्यु बिल देखकर चौकते हुए बोला।

मंसुख: “तुमने ही तो कहा था... पैसे दिमाग़ में होते हैं, तो चुकाओ।”

"इसे संभाल कर रख लीजिए... बाद में आकर चुका दूँगा।" अभिमन्यु धीरे-धीरे काउंटर की ओर बढ़ते हुए, बिल मैनेजर के हाथ में थमाया।

मैनेजर ने उसे ऊपर से नीचे तक घूरा, होंठ दबाकर तंज कसा।

मैनेजर: "पहली बार होटल में खाना खाया है क्या?"
अभिमन्यु (गंभीर स्वर में): "जो समझना है समझ लो... लेकिन अभी मेरे पास पैसे नहीं हैं।"

मैनेजर (कड़कते हुए): "पैसे तो देने पड़ेंगे।"

अभिमन्यु (आवाज़ ऊँची करते हुए): "चुका दूँगा... हम मज़दूर हैं... कमा कर चुका देंगे।"

इतने में मैनेजर ने वेटर को इशारा किया। वेटर गुस्से से कदम बढ़ाते हुए अभिमन्यु की ओर बढ़ा।
वेटर (धीमे स्वर में, सहानुभूति से): "भैया... आप जाइए। पैसे मैं दे दूँगा।"

अभिमन्यु ठिठककर वेटर की ओर देखता ही है कि तभी क्लिक-क्लिक करती ऊँची हील की सैंडल की आवाज़ आती है। पीछे से कोई आ रहा था। अभिमन्यु पलट कर देखता है,कोई लड़की थी। मासूम सूरत, गहरी आँखें और सधी हुई मुस्कान व्यक्तित्व ऐसा की पहली नज़र में किसी को भी आकर्षित कर लेता था। उस लड़की का नाम सोनाली था।

वह बेहद चालाक, तेज़-तर्रार और शातिर दिमाग़ की राजनीति के पेचो-ख़म समझने में माहिर थी। सुंदरता और बुद्धिमत्ता का यह अद्भुत मेल उसे और भी रहस्यमयी बना देता था। यही कारण था कि जनशक्ति पार्टी के मुखिया वीरेंद्र कुमार ने उसे अपना मीडिया प्रबंधक और रणनीतिक सलाहकार बनाया था। सोनाली काउंटर की ओर बढ़ती है, फॉर्मल ड्रेस, हाथ में चमकता पर्स, और आत्मविश्वास से भरी चाल।

सोनाली (मैनेजर से): “कितना हुआ?”

मैनेजर ने झिझकते हुए बिल उसकी ओर बढ़ाया। उसने बिना कुछ कहे बिल कार्ड से पे कर दिया। अभिमन्यु और मंसुख अवाक् होकर उसे देखते रह गए। उनके जेहन में कई सवाल थे; ये कौन है? हमारा बिल क्यों भर रही है?

सोनाली हल्की मुस्कान के साथ अभिमन्यु की ओर हाथ बढ़ाती है।
सोनाली: “हाय, मेरा नाम सोनाली है।”
अभिमन्यु (हैरानी से): “आपकी तारीफ़...?”

सोनाली (हँसते हुए): “अभी तो बताया।”

अभिमन्यु और मंसुख स्तब्ध खड़े रह गए। तभी पास खड़ी सोनाली उनकी तंद्रा तोड़ती है।
सोनाली: “आप लोग चलिए।”

सोनाली, अभिमन्यु को बाहर चलने का इशारा करती है। जैसे ही वो लोग बाहर आए, सामने जनशक्ति पार्टी का झंडा लगी हुई एक वीआईपी गाड़ी खड़ी थी। कार का दरवाज़ा खुला और एक सधा-संवरा शख्स बाहर निकला।

उसका नाम सुमित गर्ग था । पार्टी की वेशभूषा, आत्मविश्वास से भरा चेहरा और आँखों में चमक थी ।

सुमित (अभिमन्यु की ओर बढ़ा और मुस्कराते हुए): “देश को आप जैसे युवाओं के जज़्बे की ज़रूरत है।”

अभिमन्यु ठिठक कर वहीं खड़ा रह गया। चेहरे पर असमंजस साफ़ झलक रहा था– मन ही मन; ये सब क्या हो रहा है?

सुमित ने अभिमन्यु के कंधे पर हाथ रखा और आत्मीयता से।

सुमित: “घबराने की कोई बात नहीं। आज से तुम्हारी समस्या... हमारी समस्या है।”
अभिमन्यु: “लेकिन आप हैं कौन?”

सुमित ने मुस्कुराकर पीछे लगी हुई गाड़ी की ओर इशारा किया। वहाँ जनशक्ति पार्टी का झंडा लहरा रहा था।

सुमित: “ये जो झंडा देख रहे हो... मैं उसी का सेवक हूँ।”

अभिमन्यु के मन में सवाल तो बहुत थे, फिर भी न चाहते हुए भी सुमित की आत्मीयता अपनेपन ऊपर से सोनाली का

अहसान उसने उनका खाने का बिल चुकाया था। अभिमन्यु मन में ही बेफिक्री से खुद को समझाता है: “चलो होगा सो होगा देखते हैं।“

अभिमन्यु और मंसुख सुमित की गाड़ी में बैठ गए। गाड़ी धीरे-धीरे पार्टी दफ़्तर की ओर चल पड़ी। सुमित, जनशक्ति पार्टी के मुखिया वीरेंद्र कुमार का बेहद ख़ास आदमी था। पार्टी का गठन कुछ ही साल पहले हुआ था और अब उन्हें युवा जोश की तलाश थी – ऐसे चेहरे जो चुनाव में जमीनी जनता से सीधे जुड़ सकें। सोनाली कुछ देर तक उन्हें जाते हुए देखती रही।

फिर उसने एक कॉल मिलाया।
सोनाली: “आपका काम हो गया।”

उधर से आवाज़ आई: “दैट्स ग्रेट...!”

***

17-

वीरेन्द्र कुमार की उम्र पचास-पचपन के बीच रही होगी, लेकिन उनकी शख़्सियत में एक अलग ही चमक थी। लंबा कद, चुस्त-दुरुस्त बदन और चेहरे पर ठहराव के साथ आत्मविश्वास की गहरी झलक–उन्हें भीड़ से अलग कर देती थी। वर्षों तक प्रशासनिक सेवा में रहकर उन्होंने सत्ता और सिस्टम की बारीकियों को करीब से देखा और समझा था। यही अनुभव उनकी सबसे बड़ी ताक़त थी।

वैसे तो देश का हर नेता यही कहता है; "देश की असली ताक़त उसकी युवा शक्ति है।" लेकिन वीरेंद्र कुमार उस शक्ति का दोहन करना चाहते थे। उनका मानना था कि देश को आगे बढ़ाने का सपना केवल युवाओं के कंधों पर ही पूरा हो सकता है। आने वाले विधानसभा चुनाव में समय कम था और वीरेंद्र कुमार हर हाल में ये चुनाव जीतना चाहते थे। वीरेंद्र कुमार मजदूरों के के मुद्दे को भुनाना चाहते थे जिससे आम जनता के सेंटिमेंट को अपने पक्ष में कर सकें। शायद इसी लिए अभिमन्यु उनकी जरुरत या कहें उसे चुनावी हथियार बनाने जा रहे थे।

अभिमन्यु कारावास से बाहर आने के बाद आम जन के बीच लोकप्रिय हो चुका था। उसकी आवाज़ को मजदूर ही नहीं, आम जनता भी सुनने लगी थी।

वीरेंद्र कुमार की राजनीतिक नज़र तुरंत भाँप गई, ये शख़्स उनकी पार्टी को मजबूती दे सकता है। वीरेंद्र कुमार अपने पार्टी दफ़्तर के बाहर ही अपने कार्यकर्ताओं के साथ बैठक में थे, तभी सुमित अंदर आता है और धीरे से वीरेंद्र कुमार के कानों में।

सुमित: "सर, वो लड़का आ गया है।"

वीरेंद्र कुमार (मुस्कुराते हुए): "अच्छा... अच्छा! उन्हें कमरे में बैठाओ।"

जनशक्ति पार्टी के दफ़्तर के बाहर अभिमन्यु और मंसुख खड़े थे। उन्हें कुछ भी नहीं पता था कि वे किससे मिलने वाले हैं, बस बेबसी और मजबूरी उन्हें यहाँ तक खींच लाई थी। अभिमन्यु के दिमाग़ में बस इतना था कि जो भी काम होगा करेंगे बस कोई ग़लत काम न हो।

तभी सुमित उन दोनों को अंदर बुलाता है और वीरेंद्र कुमार के केबिन में बैठा देता है। कुछ ही देर बाद वीरेंद्र कुमार कमरे में दाख़िल होते हैं। अभिमन्यु की ओर लपकते हुए उन्होंने बड़ी गर्मजोशी से उनका स्वागत किया।

वीरेंद्र कुमार (अभिमन्यु की पीठ थपथपाते हुए): "जोश में होश हो और होश में ज़िद हो... फिर कोई लक्ष्य बड़ा नहीं होता।"

अभिमन्यु और मंसुख को कुछ समझ नहीं आ रहा था कि आख़िर चल क्या रहा है? दोनों ही भौंचक्के होकर एक-दूसरे की ओर देखने लगे। अभिमन्यु ने सवालिया निगाहों से वीरेंद्र कुमार को देखा। वीरेंद्र कुमार ने उनके चेहरे की मनोदशा भाँपते हुए उन्हें बैठने का इशारा किया और ख़ुद भी अपनी सीट पर जाकर बैठ गए।

वीरेंद्र कुमार (अभिमन्यु की आँखों में झाँकते हुए): "देश सेवा का काम है, करोगे?"

"क्यों नहीं! ईमानदारी से कोई भी काम किया जाए, वही देश सेवा है।" :अभिमन्यु ने सधे हुए अंदाज में कहा।

वीरेंद्र कुमार, अपनी कुर्सी से उठ कर मुस्कुराते हुए अभिमन्यु की पीठ थपथपाते हैं।

वीरेंद्र कुमार: "बिलकुल सही जगह पर हो, जहाँ तुम्हें होना चाहिए।"

(चलते-चलते वीरेंद्र कुमार): "अब तो मुलाक़ात होती रहेगी।"

कहते हुए कमरे से बाहर निकल गए, तभी सोनली कमरे में आती है।

सोनली (अभिमन्यु की ओर देखते हुए): "चाय, कॉफ़ी, कोल्ड्रिंक, ठंडा या गरम... कुछ चलेगा?" :अभिमन्यु ने मना करते हुए सिर हिलाया।

सोनली (हँसते हुए): "कोई बात नहीं, मैंने खाना ही ऑर्डर कर दिया है।"

अभिमन्यु (उत्सुकता से पूंछता है): "हमें करना क्या है?"

सोनली (अभिमन्यु की तरफ़ झुकते हुए): "वही करना है... और तुम्हें ही करना है...।"

“मगर करना क्या है?”

अभिमन्यु खीजते हुए कहता है चेहरे पर झुंझलाहट साफ झलक रही थी।

सोनली: " अभिमन्यु जनता तुम्हें पहचानती है, क्योंकि तुमने उनके लिए लड़ाई लड़ी है, बिना किसी स्वार्थ के... वीरेंद्र कुमार तुम्हें वह मंच देंगे, जहाँ तुम अपनी आवाज़ लाखों लोगों तक पहुँचा सकोगे... तुम्हें बस उनकी छवि जनता और आम लगों के बीच समर्पित जनसेवक राष्ट्र भक्त के रूप में बनाने में मदत करनी है, रैलियाँ करनी हैं और युवाओं को पार्टी से जोड़ना है।"

अभिमन्यु ने कोई प्रतिउत्तर नहीं दिया बस गौर से सोनाली की तरफ देखता है। सोनाली, अभिमन्यु की मनोदशा भाँपते हुए समझाने के लहज़े में बिना देरी किए।

सोनाली: “ तुम्हारे लिए एक बड़ा मौका है, ऐसा रास्ता है जो तुम्हें प्रसिद्धि, ताक़त और पैसा देगा।”

अभिमन्यु उसके दिमाग़ में कई बातें एक साथ घूम रही थीं। वीरेंद्र कुमार को ना तो वो अच्छे से जनता था दूसरा राजनीति में उसका पहले से कोई अनुभव नहीं था। लेकिन फ़िलहाल के लिए उसके पास कोई विकल्प नहीं था। उसके मन ने फिर एक बार कहा ; चलो जो होगा सो देखा जायेगा। बिना नदी में उतरे नदी पार तो नहीं की जा सकती ,वैसे भी ये ऐसा कोई बुरा काम तो नहीं है।

***

18-

अभिमन्यु, जन शक्ति पार्टी का एक सक्रिय सदस्य बन चुका था।उसके सपनों को जैसे पर मिल गए हों, वह अपनी महत्वाकांक्षा के घोड़े पर सवार हो गया। वह हमेशा से ही सामान्य लोगों से अलग कुछ करना चाहता था। परिवर्तन चाहता था और परिवर्तन की शुरुआत पहले स्वयं से होती है। अब उसके पास एक ऐसा माध्यम था जिससे वह स्वयं में और समाज में बदलाव ला सकता था। जनशक्ति पार्टी में उसे वह उम्मीद दिखी, एक नया जोश और उत्साह, जो समाज में राजनीति के नए मानदंड स्थापित कर सकता था।

वीरेंद्र कुमार कहते थे राजनीति को सिर्फ़ सेवा का माध्यम है। राजनीति से गंदगी तभी साफ़ होगी जब उसमें ईमानदार लोग आगे आएँगे।एक नए जोश, उमंग और उत्साह के साथ कार्यकर्ता पार्टी का काम कर रहे थे। अभिमन्यु उन्हीं के साथ मिलकर सीधे जनता से संवाद मुहिम के तहत वीरेंद्र कुमार के साथ मोहल्ले-मोहल्ले घूमता। प्रचार-प्रसार का दौर चरम पर था। वहीँ सत्ता पे काबिज राष्ट्रीय दल स्वराज की ज़मीनी हक़ीक़त कुछ और थी वे लोगों के बीच कम और मीडिया में ज़्यादा दिखते थे। वे राजनीति के तय फ़ॉर्मूलों के तहत ही आगे बढ़ रहे थे। झूठ को यदि बार-बार कहा जाए तो झूठ भी सच हो जाता है।

तुम ज़्यादा बुरे तो हम कम बुरे। जनता के लिए तो इधर कुआँ तो उधर खाई, किसी न किसी तरफ़ तो जाना पड़ेगा। आख़िर लोकतंत्र है। वोट दोगे तो सरकार बनेगी, नहीं दोगे तो भी सरकार बनेगी। वहीं जनता के लिए जन शक्ति दल के रूप में एक नया विकल्प, उम्मीद की उजली किरण दिखाई दे रही थी।

अभिमन्यु पूरे जोश और उत्साह के साथ प्रचार-प्रसार करने लगा। वह अपनी धुन में इतना खो गया था कि दिन को दिन और रात को रात समझना भूल चुका था। वह घर-घर पर्ची बांटने, लोगों से मिलने और पार्टी के सभा-आयोजनों का काम संभालने लगा।

एक दिन अभिमन्यु एक गंदी बस्ती के इलाके में गया। सड़कों पर कूड़े के ढेर ऊँचे-ऊँचे टीलों की तरह खड़े थे, जिनमें से सड़ांध की तीखी गंध हवा में घुल रही थी। खुली नालियों से बहता काला पानी हर तरफ बदबू और बीमारी फैला रहा था। बस्ती के लोग बहुत परेशान थे। वे नेताओं से इतना चिढ़ते थे कि जैसे ही कोई सफेद कुर्ते वाला नजर आता, उनके घरों के दरवाज़े बंद हो जाते।

अभिमन्यु के साथ पार्टी के दर्जनों कार्यकर्ता थे। बस्ती वालों के रंग-ढंग देख कर तो यही लग रहा था, यहां वोट नहीं मिलने वाला। कार्यकर्ताओं से कहते: “चलो, चलो।"

उनकी बात सुनकर अभिमन्यु रुक गया। सभी कार्यकर्त्ता आपस में कानाफूसी करने लगे।

कार्यकर्त्ता: “इनके लिए हम अछूत हैं और हमारे लिए ये।"

अभिमन्यु (उन्हें समझाते हुए): "तब तो अच्छा है, इससे अच्छा मौका और क्या हो सकता है..."

एक सँकरी गली में जैसे ही वे घुसे एक बूढ़ा बाहर बैठा था। उन्हें देखते ही वह अंदर चला गया और दरवाज़ा बंद कर लिया। चुपचाप खिड़की से झांकते हुए कहता है:

"यहाँ अब इंसान नहीं रहते...!"
"आप ही से मिलना है..." :अभिमन्यु दरवाज़ा खटखटाते हुए कहता है ।

अंदर से कोई आवाज़ नहीं आती। बूढ़ा खिड़की से झांकता है। जैसे ही उसकी नज़र पड़ती है, अभिमन्यु वहीं खड़ा मिलता है। दोनों की आँखें टकराती हैं।

अभिमन्यु: "दादा, हम आपसे मिले बिना नहीं जाएंगे।"

बूढ़ा (तिरस्कार से हँसते हुए): "आ गया चुनाव... निकल आए चुनावी मेंढक!"

अभिमन्यु: "इतना क्यों नाराज़ हो रहे हो?"

बूढ़ा (तेज़ आवाज में): "अंधे तो होंगे नहीं! सरकारें आती हैं, जाती हैं... क्या काम किया?"

अभिमन्यु: "हम और आप मिलकर करेंगे, और अभी से करेंगे।"

तभी एक कार्यकर्ता ने गुस्से से कहा: "हम गंदगी साफ़ करें? ये सरकार का काम है।"

अभिमन्यु: "गंदगी वहाँ नहीं, मन में है, हमें उसे साफ़ करने की ज़रूरत है।"

तब तक वह बूढ़ा घर के अंदर से फावड़ा निकालकर लाता है और अभिमन्यु की तरफ इशारा करता है।

बुजुर्ग: "चलो, साफ़ करो।"

यह सब देख आसपास के लोग भी बाहर आ गए। अभिमन्यु अपने कार्यकर्ताओं को समझा रहा था।

अभिमन्यु: "क्या हम पेट की गंदगी साफ़ नहीं करते, वैसे ही हमें समाज की गंदगी साफ़ करनी है।"

देखते ही देखते, पूरे मोहल्ले के लोग बाहर निकल आए और उत्साह के साथ नाली में जमा कचरा साफ़ करने लगे। कुछ लोग सेल्फ़ी लेकर सोशल मीडिया पर डालने लगे, और देखते ही देखते यह ट्रेंड हो गया। कुछ मीडिया वाले भी वहाँ पहुँच गए । न्यूज़ चलने लगी "जनशक्ति पार्टी के कार्यकर्ताओं ने मिलकर नालियों में जमा कचरे को हटाया।"

अभिमन्यु की तस्वीर फिर मीडिया में छा गई। उसी समय नम्रता और उसके सहयोगी अतुल अपने स्टूडियो में खबरों का विश्लेषण कर रहे थे। अतुल की नज़र जैसे ही सामने स्क्रीन पर पड़ी, उसने अभिमन्यु को एक गन्दी बस्ती का कचरा साफ़ करते हुए देखा।

पूरे मोहल्ले के लोग इकट्ठा थे।

अतुल (नम्रता से): "मैडम, देखिए! वही लड़का है।"

"यह हमारा काम है, हमें ही करना है। मैंने सिर्फ़ पहल की है। हमारी पार्टी की कथनी और करनी में फ़र्क नहीं है। हम जो कहते हैं, वही करते हैं। हमें जनता का मत नहीं, बल्कि उनका विश्वास चाहिए। एक नागरिक का मत और उसकी

विचारधारा जब एक हो जाते हैं, तभी समाज सशक्त होकर आगे बढ़ता है।" :अभिमन्यु मीडिया वालों को जवाब देते हुए, गंभीर और आत्मविश्वास से भरे स्वर में बोल रहा था।

मीडिया वाले अभिमन्यु से पूछ रहे थे: "यह चुनावी हथकंडे तो नहीं हैं?"

जैसे ही अभिमन्यु की बात ख़त्म हुई, उसके पीछे खड़े लोग पूरे जोश के साथ नारा लगा रहे थे: "जनशक्ति पार्टी, जिंदाबाद!"

नम्रता बड़ी गंभीरता से अभिमन्यु का पूरा इंटरव्यू अपने केबिन में बैठे देख रही थी। यह सब देखकर अतुल ने नम्रता से कहा: "मैडम, यह लड़का एक दिन ज़रूर कुछ बड़ा करेगा। इसके अंदर एक सच्ची लीडरशिप क्वालिटी दिखती है।"

नम्रता (अतुल की बात काटते हुए बीच में): "गलत लाइन पकड़ ली इसने वीरेंद्र निचोड़कर लेमन जूस बना देगा।"

***

20-

दिन बीतते जा रहे थे, और हर बीतते दिन के साथ अभिमन्यु का राजनीतिक आधार तेज़ी से मज़बूत होने लगा था। सत्ताधारी 'स्वराज पार्टी' को इस बात का आभास होने लगा था कि उनके पैरों के नीचे से ज़मीन खिसक रही है और इस बार सत्ता में वापस लौटना शायद मुमकिन नहीं होगा। 'स्वराज पार्टी' एक नेशनल पार्टी थी, जिसके पास जनबल और धनबल की कोई कमी नहीं थी।

निर्मला देवी जो स्वराज पार्टी से वर्तमान मुख्यमंत्री थी। सभी बड़े अधिकारियों और रणनीतिकारों के साथ एक हाई-लेवल की आपातकालीन बैठक ले रही थीं। बैठक में सभी नेताओं ने अपनी-अपनी राय दी। वे बड़ी-बड़ी बातें कर रहे थे, जैसे, "70 में से 50 सीटें तो हमें मिल ही जाएँगी। जनता इतनी भी मूर्ख नहीं कि कल की आई पार्टी को सत्ता सौंप दे।"

एक नेता ने हाथ हवा में लहराते हुए कहा: "ये सारे सर्वे हवा-हवाई हैं। जब परिणाम सामने आएगा तो दूध का दूध और पानी का पानी हो जाएगा।"

तभी एक अन्य नेता ने गुस्से से मेज पर हाथ पटकते हुए कहा: " वीरेंद्र कुमार कितनी भी नौटंकी कर ले, धरना-प्रदर्शन कर ले, कुछ नहीं होने वाला। सिर्फ़ हमदर्दी दिखाकर वोट नहीं मिलते!"

एक अन्य पार्टी पदाधिकारी ने चेतावनी देते हुए कहा: "यह दिल्ली की जनता है। इनके मूड का कुछ कहा नहीं जा सकता।"

इसी बीच मुख्यमंत्री निर्मला देवी अपनी पार्टी के मीडिया सलाहकार तरफ मुड़ीं जिसका नाम रमन था, वह पार्टी के लिए मीडिया प्रबंधन का काम देखते थे।

निर्मला देवी (आदेशात्मक लहजे में रमन की ओर देखते हुए) : "पूरी स्थिति का जायज़ा लो और मीडिया को सही दिशा में लगाओ।"

रमन (गंभीरता से): "हमें स्थिति के हिसाब से रणनीति नहीं, बल्कि हमें रणनीति के हिसाब से स्थिति पैदा करनी चाहिए।"

निर्मला देवी (व्यंग्य भरे स्वर में): "हाँ तो अभी तक क्या कर रहे थे, आपको पैसे इसी बात के तो मिलते हैं।"

रमन (विश्लेषणात्मक अंदाज़ में, हाथ के इशारे से समझाते हुए): "उनकी कमज़ोरियों को अपनी ताक़त...और उनके ख़तरों को अपने अवसरों में बदलना होगा।"

निर्मला देवी (दृढ़ स्वर में, रमन की आँखों में देखते हुए):

"तो ये सब चुनाव हारने के बाद करोगे ?"

इतना कहकर निर्मला देवी गुस्से में अपनी सीट से उठकर चली गई। उधर रमन ने वीरेंद्र कुमार को घेरने की चौतरफा

रणनीति बनानी शुरू कर दी। आक्रामक प्रचार-प्रसार से लेकर ज़मीनी स्तर पर अपने कार्यकर्ताओं को उतार दिया। रमन ने अपने कुछ ख़ास कार्यकर्ताओं को जनशक्ति पार्टी में शामिल करवा दिया, ताकि उन्हें अंदर की ख़बरें मिलती रहें। सोशल मीडिया सेल को भी वीरेंद्र कुमार की व्यक्तिगत ज़िंदगी में कीचड़ उछालने के काम में लगा दिया।

***

21-

स्वराज पार्टी ने कुछ बड़े अख़बारों और इलेक्ट्रॉनिक मीडिया के माध्यम से वीरेंद्र कुमार को परोक्ष रूप से बदनाम करने का अभियान शुरू कर दिया था। पार्टी के नेता भी अपनी जनसभाओं में वीरेंद्र कुमार पर सीधे हमला करने लगे थे।

उसे झूठा, धोखेबाज़ और स्वार्थी न जाने क्या-क्या कहा जाने लगा था। ख़बरों को बढ़ा-चढ़ाकर प्रसारित किया जा रहा था। वीरेंद्र कुमार की छवि खराब करने के लिए तरह-तरह के कार्टून वायरल होने लगे। कभी उसे कुत्तों की फौज से घिरे हुए दिखाया जाता, तो कभी उसके चेहरे पर सूअर का मुखौटा लगाकर गंदगी खाते हुए।

कुलमिलाकर वीरेंद्र कुमार को घेरने के लिए साम, दाम, दंड, भेद, चौतरफा हमले होने लगे। अपनी सारी रणनीति को उल्टा

पड़ता देख, वीरेंद्र कुमार और उनके सहयोगियों की बौखलाहट बढ़ने लगी थी। उन्हें लगा कि बनी हुई बात बिगड़ रही है। उधर वीरेंद्र कुमार भी व्यापक जनसंपर्क अभियान में लग गए। एक जनसभा में जोश भरते हुए उन्होंने निर्मला देवी पर तीखी टिप्पणी की।

वीरेंद्र कुमार ललकारते हुए भीड़ की ओर उँगली उठाकर।

वीरेंद्र कुमार: "निर्मला देवी के खाने के दाँत और हैं, और दिखाने के दाँत कुछ और हैं। अंदर क्या-क्या गुल खिलाती हैं, यह सबको पता है। सारा माल कोठियों में भर लिया है।"

उनकी आवाज़ और बुलंद हो गई, जोश से गरजते हुए।

वीरेंद्र कुमार: "निर्मला देवी, मैं तुम्हें चुनौती देता हूँ! अपनी सारी ताक़त लगा लो मुझे नीचे गिराने की। यह दिल्ली की जनता है, सब जानती है!"

कार्यकर्ताओं में उत्साह की लहर दौड़ गई। राजनीति की बची-कुची धरोहर कहे कि आप अंदर से कैसे भी हो, लेकिन बाहर से आपको दिखना और दिखाना अच्छा ही है। वो मर्यादा भी तार-तार होती रही।

इसी बहाव में वीरेंद्र कुमार भी बह गए उनकी जुबान से ऐसे शब्द निकले जो राजनीति की गरिमा से कहीं परे थे, दोअर्थी और सेक्सिस्ट तंज़ कसे: "निर्मला देवी एक मालगाड़ी है, ऊपर से भारी-भरकम, अंदर से खोखली।कभी-कभी तो पूरी खटारा

बस जैसी लगती हैं, धक्का दिए बिना चलती ही नहीं। खुद को हीटर समझती है, पर असल में बुझा हुआ चूल्हा हैं।

चालू पंखा, सामने से ठंडी हवा, पीछे से सारा शोर।"

भीड़ की तालियाँ और हूटिंग में फ़र्क मिट गया, श्रोता और वक्ता जैसे एक ही रंग में रंग गए। कोई सीटी बजा रहा था, कोई दोनों हाथ उठाकर 'वाह-वाह' कर रहा था। माहौल ऐसा बन गया मानो दो-अर्थी शेरो-शायरी मुशायरे की महफ़िल जम गई हो।

***

22-

उधर स्वराज पार्टी के मीडिया सलाहकार रमन ने मीडिया के तार हिलाने शुरू कर दिए। उसने न्यूज़ चैनल से लेकर सोशल मीडिया तक पूरी टीम तैयार कर दी। सबको एक ही काम में लगा दिया। वीरेंद्र कुमार के भाषण के टुकड़े उठाओ और उन्हें तोड़-मरोड़कर सनसनीखेज़ ख़बरों में बदल दो।

टीवी चैनलों पर हेडलाइन दौड़ने लगीं;"वीरेंद्र कुमार ने की निर्मला देवी पर अभद्र टिप्पणी!"

"महिला नेता का अपमान, सियासत गरमाई।"

सोशल मीडिया पर भी बवंडर उठ खड़ा हुआ। #ShameOnVirendraKumar ट्रेंड करने लगा। सोशल मीडिया पर बस यही चर्चा थी। चौतरफ़ा हमलों और नकारात्मक माहौल ने वीरेंद्र कुमार की रातों की नींद गायब कर दी। एक रात उन्होंने अपने सबसे भरोसेमंद सहयोगियों की एक आपात बैठक बुलाई। मीटिंग रूम में गहरी खामोशी पसरी थी। वहाँ वीरेंद्र कुमार अपना सिर पकड़े बैठे थे, उनसे कुछ बोला नहीं जा रहा था। वह बारी-बारी से सबके चेहरों की ओर देखते और फिर निराशा में अपनी गर्दन नीचे झुका लेते।उसकी साँसें तेज़ चल रही थीं। कमरे में बैठे बाकी लोग भी सन्न थे।

तभी सुमित ने हल्के से अभिमन्यु की ओर झुककर फुसफुसाया: "सर का पारा बहुत गरम है...ज़रा संभलकर रहना।"

मीटिंग रूम में तनाव इतना गहरा था कि घड़ी की टिक-टिक भी साफ़ सुनाई दे रही थी। वीरेंद्र कुमार, सोनाली की तरफ़ देखते हुए निराशा से सिर झुकाकर देखते हैं।

वीरेंद्र कुमार: "मुझे तो कुछ समझ नहीं आ रहा... लगता है सब बिके हुए हैं... ऊपर से लेकर नीचे तक।"

कमरे में बैठे बाक़ी सभी लोग मायूसी से अपना सर झुकाए खामोश बैठे थे। वीरेंद्र कुमार ने सबकी ओर निराशा भरी निगाहों से देखा।

वीरेंद्र कुमार: "आप लोग यहाँ अपनी मजबूरी बताने के लिए बैठे हैं?"

यह सुनकर माहौल और भारी हो गया।

"सर, अगर इजाज़त हो तो मैं कुछ कहूँ?" :अभिमन्यु संकोच से धीरे-धीरे कहा।

वीरेंद्र कुमार (थकी हुई आवाज़ में): "कहो... संकोच की क्या बात है? राजनीति संवाद ही तो है।"

"सर, मेरी समझ से राजनीति यही है कि जहाँ आग लगी हो, वहाँ पानी डाल दो... और जहाँ पानी हो, वहाँ आग लगा दो।"

:अभिमन्यु गहरी साँस लेते हुए गंभीर स्वर में कहा।

सोनाली (भौंहें सिकोड़ते हुए): "तो तुम्हारा मतलब है ?"

"जिन मोर्चों पर जनता मज़बूर है, वहाँ हमें मज़बूती से खड़ा होना चाहिए। और जहाँ जनता पहले से मुखर है, वहाँ संयम बरतना ही असली ताक़त है।" :अभिमन्यु आत्मविश्वास भरे लहजे में कहता है।

अभिमन्यु: "हमें मुद्दे से भटकना नहीं चाहिए,जनता से संवाद और उनकी समस्या हमारी प्राथमिकता होनी चाहिए।"

वीरेंद्र कुमार के मन में कई सवाल कौंधने लगे थे। वह बिना कुछ कहे ही अभिमन्यु को समझने की कोशिश कर रहे थे।

सोनाली (अभिमन्यु की ओर देखते हुए): "मुझे लगता है, नम्रता हमारी मदद कर सकती है।"

तभी अचानक वीरेंद्र का फ़ोन बजा। जैसे ही उन्होंने फ़ोन उठाया, उनके चेहरे के भाव बदलने लगे। पल भर में वह गुस्से से लाल-पीले हो गए।

(वीरेंद्र कुमार - फ़ोन पर चिल्लाते हुए): "ये स्वराज पार्टी वाले हर जगह गड्ढा खोदते रहते हैं! एक को भी मत छोड़ना!"

सुमित (घबराकर): "सर, हुआ क्या?"

वीरेंद्र कुमार (फ़ोन पटकते हुए, गुस्से में): "उन्होंने हमारे कार्यकर्ताओं के बीच घुसपैठ कर दी है! हमारे ही लोग स्वराज पार्टी के पर्चे बाँट रहे हैं!"

वीरेंद्र कुमार मीटिंग रूम में मौजूद लोगों को घूरते हुए शक भरी नज़रों से चारों ओर देखते हैं।

वीरेंद्र कुमार: "क्या पता, यहाँ भी उनके कई आदमी बैठे हों?"

उनकी नज़रें नए चेहरों पर टिक गईं, जो हाल ही में पार्टी में शामिल हुए थे।

वीरेंद्र कुमार (गुस्से में): "तुम हो? तुम हो?"

वीरेंद्र कुमार गुस्से से लाल-पीला होने लगे। कभी अपने कार्यकर्ताओं को तो कभी स्वराज पार्टी,निर्मला देवी को गालियाँ बकने लगे। वहां बैठे सभी लोग सन्न रह गए। वीरेंद्र कुमार का ऐसा रूप पहली बार देखा था। अभिमन्यु मन ही मन घबराते हुए सोच में पड़ गया; कहीं मुझे तो ग़लत नहीं समझ रहे हैं?

सबको सतर्क रहने का निर्देश दे कर वीरेंद्र कुमार अपना कुरता फटकते हुए वहाँ से चले गए। लेकिन वहाँ बैठे अब भी लोग सदमें थे जैसे अचानक से उन पर कोई गाज गिर गई हो।

***

23-

मीटिंग ख़त्म होने के बाद अभिमन्यु कार्यकर्ताओं का काफ़िला लेकर निकल पड़ा। गाड़ियाँ धीरे-धीरे आगे बढ़ रही थीं कि अचानक अभिमन्यु गाड़ी को बीच रास्ते रोक दिया। पीछे आती गाड़ियाँ भी एक-एक कर थम गईं।

सुमित: "बाक़ी कार्यकर्ता कहाँ हैं?"

"तुम लोग इस मोहल्ले में जनसंपर्क करो और पर्चे बाँटो। हम लोग शांति नगर जा रहे हैं।" :अभिमन्यु ने साथियों की ओर देखते हुए कहा।

तभी एक कार्यकर्ता - हल्की चिंता जताते हुए।

कार्यकर्त्ता: "सर, चिंता की कोई बात नहीं है।"

अभिमन्यु गंभीर नज़रों से उसे देखते हुए आगे बढ़ गया। जनशक्ति पार्टी के कार्यकर्ता मोहल्लों में घर-घर जाते, दीवारों पर पोस्टर चिपकाते और वोट की अपील करते। लेकिन तभी गली के नुक्कड़ों पर अजीब दृश्य सामने आने लगे। जनशक्ति के कार्यकर्ताओं के बीच स्वराज पार्टी के लोग भी घुस आए थे। लोगों के हाथ में जनशक्ति का परचा पकड़ाते और स्वार्ज पार्टी को वोट देने को कहते।

"एक ही पार्टी के लोग अलग-अलग बातें कर रहे हैं?"

वहाँ एकत्र लोग आपस में तरह-तरह की बातें कर रहे थे। इतने में पीछे से सुमित और उसके साथी वहाँ पहुँचते हैं। वे स्वराज पार्टी के कार्यकर्ताओं को रंगे हाथों पर्चे बाँटते हुए पकड़ लेते हैं। सुमित और उसके साथी पूरे मोहल्ले में उन लोगों का जुलूस निकालते हैं और उनकी पिटाई भी करते हैं। इस दौरान वे पूरी घटना की वीडियो रिकॉर्डिंग करते चलते हैं।

स्वराज पार्टी के कार्यकर्ता: "हमें स्वराज पार्टी की तरफ़ से रोज़ के हिसाब से एक या दो हज़ार रुपये दिए जाते हैं।"

सुमित उनकी बात रिकॉर्ड करता है और उनके पास से मिले स्वराज पार्टी के पोस्टर और झंडों को ज़मीन पर पाँव तले रौंदवाता है। तभी पकड़े गए एक कार्यकर्ता राघव रोते हुए।

राघव: “सर, हमें मारकर क्या होगा? हमने तो बस सोचा था कि कुछ पैसा कमा लें..."

भीड़ से एक और कार्यकर्ता जो उस लड़के के साथ था।

कार्यकर्ता: हम नहीं करते तो कोई और करता..."

इतने में जनशक्ति के बाकी कार्यकर्ता उनकी जम के धुलाई करने लगते हैं, अभिमन्यु बीच बचाव करते हुए मामला शांत करवाता है। स्वराज पार्टी की कार्यकर्ताओं को वहाँ से भगा देता है।

***

24-

नम्रता अपने सभी सहयोगियों के साथ दिन भर की खबरों का जायजा ले रही थीं। वो तय कर रही थीं कि कौन सी खबर दिखानी है और कौन सी नहीं। मीटिंग रूम में दर्जनभर पत्रकार बैठे थे, जो बारी-बारी से अपनी खबरों का ब्यौरा दे रहे थे। कोई बिहार में हुए सड़क हादसे की खबर बता रहा था, तो कोई यूपी में हुई भीषण तबाही की। कुछ सहयोगी महिला अपहरण और अन्य अपराधों की खबरें दे रहे थे।

नम्रता एक-एक करके सभी खबरों का जायजा ले रही थी।

नम्रता: "जनता अब इनसे ऊब चुकी है। पब्लिक को अब मसाले वाली खबरें चाहिए।"

तभी मीटिंग में एक पत्रकार ने बिना देरी तपाक से बोल उठा जैसे उसके हाथ बहुत बड़ा खजाना लग गया है।

"मैडम एक बहुत ही जबरदस्त खबर है, फलाने हीरो का फलाने हीरोइन के साथ ब्रेकअप हो गया है।"

नम्रता घूरते हुए उसकी तरफ देखती है। तभी कमरे में अतुल दाखिल होता है आते ही हल्की घबराहट में।

अतुल: "मैडम, वो लड़का आया है।"

नम्रता: "कौन लड़का?"

अतुल: "अरे वही... लड़का जिसका आपने इंटरव्यू लिया था।"

नम्रता (चिढ़ते हुए): "तुम्हें मैंने कई बार समझाया...साफ-साफ बात किया करो।"

अतुल (नाक-भौं सिकोड़ते हुए): "फिर तो मुझे अपना पेशा बदल देना चाहिए...यहाँ साफ और सीधी बात करने वालों का बिल्कुल भी काम नहीं है।"

नम्रता बिना मतलब की बातों में नहीं उलझना चाहती थी। उसने अतुल की बातों पर ध्यान नहीं दिया और खुद ही उठकर रिसेप्शन की ओर बढ़ी। दूर से ही अभिमन्यु नज़र आ गया। नम्रता तुरंत अपने केबिन में लौट आई।

अतुल भी नम्रता के पीछे ही खड़ा था, थोड़ा चौंकने का दिखावा करते हुए नम्रता की ओर आश्चर्य से देखता है।

नम्रता (अतुल को घूरते हुए, ठंडे स्वर में): "उसे बोलो... गेट लॉस्ट।"

उधर अभिमन्यु बाहर रिसेप्शन में इंतज़ार कर रहा था। इतने बड़े चैनल के दफ़्तर में वह पहली बार आया था। चारों तरफ़ छोटी स्कर्ट और मेकअप किए लड़कियाँ इधर-उधर आती-जाती दिख रही थीं।

अभिमन्यु आते-जाते चेहरों को बस गौर से देख रहा था। मन ही मन कहता है; यह कोई न्यूज़ चैनल है या फिर कोई सिनेमा हॉल? तभी अतुल वहाँ आ जाता है, अभिमन्यु से।

अतुल: "मैडम अभी व्यस्त हैं, आपसे नहीं मिल पाएंगी।"

अतुल औपचारिक मुस्कान के साथ अभिमन्यु को देखता है।

"ठीक है, मैं इंतज़ार कर लूँगा।" :अभिमन्यु संयमित स्वर में उत्तर देता है।

अतुल: "वह अभी नहीं मिल पाएंगी। आप अपना नंबर दे दीजिए, मैं आपको बता दूंगा।"

अभिमन्यु समझ गया नम्रता नहीं मिलना चाहती होगी। वह वहाँ से तो चला गया, लेकिन उसके मन में कई तर्क थे, क्या वजह हो सकती है, मैं पॉलिटिक्स में चला गया ,क्या ये वजह हो सकती है ,वीरेंद्र कुमार की वजह से या वो किसी और पार्टी से कनेक्टेड होगी। अंदर ही अंदर उसके मन में कई सवाल थे। चुनाव के दिन नजदीक थे, जनशक्ति पार्टी के पक्ष में माहौल करने के लिए नम्रता और भारत चेतना जैसे बड़े न्यूज़ चैनल का सपोर्ट होना बहुत जरुरी था।

वीरेंद्र कुमार और सोनाली काफी आशान्वित थी कि अभिमन्यु ये काम कर लेगा। उसने एक और तरीका आजमाया नम्रता के ऑफ़िस के समय का पता लगाया और अगली सुबह ठीक 9 बजे ऑफ़िस की पार्किंग में पहुँच गया।

बेसब्री से नम्रता का इंतज़ार करने लगा। जैसे ही नम्रता ने अपनी कार पार्क की और अंदर जाने लगीं, अभिमन्यु तेज़ क़दमों से उसकी ओर बढ़ा।

अभिमन्यु: "एक्सक्यूज़ मी, क्या आपसे दो मिनट बात हो सकती है?"

नम्रता, अभिमन्यु की तरफ़ बिना देखे ही बेसमेंट से लिफ़्ट की ओर बढ़ गईं। उनके चेहरे पर ठंडी बेरुख़ी थी, मानो उसने कुछ सुना ही न हो।

"भाई साहब, मैडम बिना अपॉइंटमेंट के किसी से नहीं मिलतीं।"

सिक्योरिटी गार्ड पीछे से आते हुए, कड़क आवाज़ में।

सिक्योरिटी गार्ड: "तुम्हारी मैडम में बहुत अकड़ है।"

अभिमन्यु, गार्ड कि तरफ घूरते हुए मन ही मन, होंठ दबाकर बोला जिससे उसे सुनाई ना दे। अभिमन्यु ने भी ठान लिया था, जो भी बात है, आखिर ये मुझसे मिलना क्यों नहीं चाहती, पहले तो खुद ही मेरे पास आई थी इंटरव्यू लेने, अब ऐसा क्या हो गया। उस दिन के बाद, अभिमन्यु कई दिन तक नम्रता के ऑफ़िस जाकर इंतज़ार करता रहा, लेकिन हर बार कोई न कोई बहाना बनाकर सिक्योरिटी गार्ड टाल-मटोल करता।

कभी कहता: “मैडम मीटिंग में हैं।”

कभी कहता: “अभी बाहर गई हैं।”

कभी कहता: “आज संभव नहीं।”

वहीँ अतुल रोज ही अभिमन्यु को देखता लेकिन वो नम्रता से इस बारे में बात नहीं कर सकता था, ना ही उससे पूछ सकता था। एक दिन उसने अभिमन्यु को हिंट दिया, मैडम से कैंटीन में लंच टाइम में जाकर मिल ले उस समय ज्यादा लोग भी वहां नहीं होते हैं।

जैसे ही नम्रता ऑफ़िस से ब्रेक लेकर कैंटीन की ओर गईं, अभिमन्यु तेज़ क़दमों से उनके पास पहुँच गया ।

अभिमन्यु (नम्रता से): "मुझे आपसे बात करनी है।"

नम्रता (सख्ती से): "तुम ग़लत नंबर डायल कर रहे हो... खामख़ा अपना वक़्त बर्बाद मत करो।"

इतना कहकर नम्रता ठंडी नज़रों से उसे देखती हुई काउंटर की तरफ़ बढ़ गईं।

अभिमन्यु (अपने मन में): "कितनी अकड़ है इस औरत में..."

अभिमन्यु होंठ भींचते हुए झुँझलाते हुए जाने ही वाला था कि नम्रता ने पीछे से आवाज दी।

नम्रता: "अच्छा है कि तुम वीरेंद्र कुमार के चक्कर में मत पड़ो।"

नम्रता की बात सुनते ही अभिमन्यु पलटकर तुरंत बोल पड़ा।

अभिमन्यु: "और निर्मला देवी? उन्हें कौन सा ईमानदारी का प्रमाणपत्र मिला हुआ है?"

:अभिमन्यु तेज़ लहजे में, भौंहें चढ़ाते हुए बोला। कुछ पल रुककर अभिमन्यु ने फिर कहा: "मैडम मुझे पता है, सही नंबर कहाँ लगा है। खैर आप ईमानदार तो ईमानदार हैं, आज कल तो पत्रकार जहाँ जिससे जितना मिले हर पार्टी से सेटिंग बनाने में लगे रहते हैं। ये कहते हुए आत्मविश्वास अभिमन्यु के चेहरे पे साफ़ झलक रहा था।

नम्रता, अभिमन्यु की ओर घूरने लगीं, उसके चेहरे पर झुंझलाहट साफ़ दिख रही थी। ये ऐसे कैसे मुझसे बात कर सकता है। अचानक से अपनी सीट से उठ खड़ी हुई अभिमन्यु की तरफ बढ़ी, उधर अभिमन्यु की टेंशन बढ़ी, कहीं कुछ गलत तो नहीं बोल दिया कि ये मुझे थप्पड़ लगा दे।

नम्रता: "जुबान उतनी ही खोलनी चाहिए ,जितनी इंसान की हैसियत हो।" :मुँह बिचकाते हुए, नाराज़गी से कहा।

अभिमन्यु: "खुले मन से और खुले मंच से, निर्मला देवी और वीरेंद्र कुमार के बीच डिबेट शो करवा लीजिए।"

नम्रता कुछ देर तक अभिमन्यु को गौर से देखती रही जैसे उसके दिमाग में बहुत कुछ चल रहा हो, नजर में तीखापन और चेहरे पे मुस्कान बिखेरती हुई वहाँ से चली जाती है।

अभिमन्यु जानता था कि इस तरह का एक मंच, जहाँ हज़ारों की संख्या में लोग इकट्ठा होते हैं, यह एक बहुत बड़ा अवसर हो सकता है। नम्रता के हाव-भाव से अभिमन्यु ने भाप तो लिया था कि वो मान जाएगी। उसके मन में एक स्पष्ट योजना बन चुकी थी। वह जानता था कि यह सिर्फ एक बहस नहीं, बल्कि इस मौके को एक बहुत बड़े अवसर में तब्दील हो सकता है।

***

25-

वीरेंद्र कुमार को जब खबर लगी, अभिमन्यु ने उनके और निर्मला देवी के बीच आमने-सामने सीधी बहस के लिए नम्रता को तैयार कर लिया है, तो वो काफी खुश थे। पहली बार उन्होंने अभिमन्यु को अपने घर चाय पे बुलाया। वीरेंद्र कुमार की पत्नी किसी बड़े सरकारी विभाग में कार्यरत थीं। उनकी एक ही बेटी थी विनीता जो लॉ की प्रैक्टिस कर रही थी। करीब पाँच फीट तीन इंच लंबी, गोल चेहरा, पतला-दुबला शरीर, जिसे आजकल की फैशन भाषा में “ज़ीरो फ़िगर” कहा जाता है। उम्र लगभग पच्चीस के आसपास दिखती थी। वीरेंद्र कुमार के घर के भीतर जैसे ही अभिमन्यु दाख़िल हुआ, उसने देखा कि गार्डन के बाहर वाली कुर्सी पर बैठी एक लड़की बड़े चश्मे के पीछे किताबों में गुम थी।

अभिमन्यु (सकुचाते हुए): "एक्सक्यूज़ मी... सर से मिलना है?"

विनीता ने उसकी ओर कोई ध्यान नहीं दिया। उसकी आँखें अब भी किताब के पन्नों में गड़ी हुई थीं। तभी अभिमन्यु ने ज़रा ऊँची आवाज़ में पुकारा। इतने में वीरेंद्र कुमार अंदर से बाहर आए।

वीरेंद्र कुमार: "ओह, तुम आ गए! वेलकम !" मुस्कुराते हुए तेजी से उसकी तरफ बढ़े। अपनी बेटी की ओर इशारा करते हुए।

वीरेंद्र कुमार: "शी इस माय डॉटर ... एंड सो फोकस्ड " (वो मेरी बेटी है और बहुत एकाग्र है।)

फिर अभिमन्यु की तरफ देखते हुए।

वीरेंद्र कुमार: "अभिमन्यु, जब से तुम आए हो, पार्टी में एक नया जोश है। चुनाव में अब ज़्यादा दिन नहीं बचे हैं और हमें बहुत काम करना है, उनकी हर चाल के जवाब में हमें एक कदम आगे की सोचनी होगी।"

अभिमन्यु: "आप बस आदेश दीजिए, सर।"

वीरेंद्र कुमार: "हमें स्वराज पार्टी और निर्मला देवी के ख़िलाफ़ किसी भी तरह पीछे नहीं रहना है, मैं चाहता हूँ कि ज़्यादा से ज़्यादा लोग लेकर आओ, पार्टी का बड़ा बैनर और झंडे चारों ओर लगाओ, अपने पक्ष में लहर माहौल बनाओ।"

अभिमन्यु: "जी सर, हो जायेगा।"

दोनों के बीच बात -चीत चल ही रही थी कि इतने में वीरेंद्र कुमार की पत्नी शालिनी और उनकी बेटी विनीता आ जाती हैं। शालिनी ने अपने हाथों से चाय सर्व की।

अभिमन्यु, शालनी को देखते ही खड़े होकर आदरपूर्वक नमस्ते किया।

शालिनी (मुस्कुराते हुए): "देखा? यह संस्कार होते हैं।"

वीरेंद्र कुमार (बेटी को डाँटते हुए): "तुम तो अपनी ही धुन में खोई रहती हो।"

विनीता (गंभीर स्वर में झुंझलाहट के साथ): "दरअसल, मैं एक केस में उलझी हुई थी। कुछ सरहंगों ने एक महिला के साथ गैंगरेप की कोशिश की, और उन सरहंगों के डर से कोई भी गवाही देने को तैयार नहीं है। वे इस मामले को रफ़ा-दफ़ा करना चाहते हैं, बस उसी केस में फँसी हुई हूँ।"

वीरेंद्र कुमार: "तुम इस तरह के बखेड़े में नहीं पड़ो तो अच्छा है। ऐसे बदमाशों का क्या भरोसा।"

अभिमन्यु: "आप कैसी बात कर रहे हैं, सर? आप भी एक पॉलिटिशियन हैं। जैसे आपकी बेटी है, वैसे ही दूसरों की बहन-बेटी भी हैं। न्याय तो मिलना ही चाहिए।"

विनीता (पहली बार अभिमन्यु को गौर से देखा): "आप बिलकुल सही कह रहे हैं।"

अभिमन्यु (संवेदनशीलता से): "काश हर वकील आप जैसा सोचे।"

वीरेंद्र कुमार (गंभीर और ठंडे लहजे में): "ये सब बातें कहने और सुनने में बहुत अच्छी लगती हैं। धीरे-धीरे तुम्हें सब समझ आ जाएगा।"

अभिमन्यु: "ईमानदारी भी एक तरह का नशा ही है।"

काफ़ी देर तक बातचीत का सिलसिला ऐसे ही चलता रहा, फिर अभिमन्यु ने विदा ली और वहाँ से चला गया।

***

26-

शाम होते-होते भारत चेतना न्यूज़ चैनल का मंच एक बड़े से मैदान में सज चूका था। हज़ारों की तादाद में लोग इकट्ठा हो चुके थे। चारों ओर पार्टी के झंडे और बैनर लगे हुए थे, और ज़ोरदार नारे लग रहे थे। कार्यकर्ताओं का जोश और उत्साह अपने चरम पे था। पुलिस भीड़ को नियंत्रित करने के लिए इधर-उधर भाग रही थी। मीडियाकर्मी भी अपने काम में व्यस्त थे। तभी जनशक्ति पार्टी के कार्यकर्ताओं ने ज़ोर से नारे लगाने शुरू कर दिए: "निर्मला देवी हाय-हाय... मुर्दाबाद!" "जनशक्ति पार्टी जिंदाबाद!" "भ्रष्टाचार और घोटालों का होगा पर्दाफ़ाश!"

जैसे ही निर्मला देवी मंच पर पहुँचीं, उन्हें देखते ही कार्यकर्ताओं ने हूटिंग करना शुरू कर दिया। सुमित ने स्वराज पार्टी के गुट में अपने कुछ आदमियों को भी शामिल करवा दिया था। वे जनशक्ति पार्टी के कार्यकर्ताओं के साथ मारपीट करने के लिए उकसा रहे थे। देखते ही देखते, अचानक पुलिस डंडे लेकर सभी को खदेड़ने लगी। भीड़ को बेकाबू होते देख, तुरंत अतिरिक्त पुलिस बल बुलाया गया। स्वराज पार्टी के कार्यकर्ताओं की जमकर धुनाई हुई। वीरेंद्र कुमार मंच पर जोशीले अंदाज़ में हाथ उठाकर अभिवादन कर रहे थे।

मंच पर से हाथ उठा कर वन्दे मातरम,जय हिन्द के नारे लगवाने लगे।
वीरेंद्र कुमार (गरजते हुए): हमारी आवाज़ अब जनता की आवाज़ बन चुकी है।"

अभिमन्यु और जनशक्ति पार्टी के कार्यकर्ता एक साथ नारे लगाते हुए, जोश और तालियों के बीच वीरेंद्र कुमार का स्वागत करते हैं। इतने में नम्रता अपनी गाड़ी से उतरती है, वहां का नजारा देखकर अपने सहयोगियों से पूछती है।
नम्रता: "यह सब क्या हो रहा है?"

अतुल (हाथ मलते हुए): "मैडम, हमें भी नहीं पता, यह सब अपने आप ही हो रहा है।"

नम्रता, अभिमन्यु की तरफ़ देखते हुए हाथ नीचे करने का इशारा करती है।

अभिमन्यु (जोश में भीड़ की ओर मुड़कर): "जन-जन की यही पुकार, वीरेंद्र कुमार अबकी बार!"

नम्रता (गुस्से में, ज़ोर से चिल्लाते हुए): "ये तमाशा बंद करवाओ।"

अभिमन्यु मंच से नीचे उतरते हुए, हल्की हँसी के साथ नम्रता की ओर देखता है। अभिमन्यु ने अपने साथियों की तरफ़ हूटिंग बंद करने का इशारा करता है। कुछ ही देर में अभिमन्यु और निर्मला देवी अपनी-अपनी पार्टियों के प्रमुख नेताओं के साथ मंच पर अपनी-अपनी जगह ले चुके थे, बहस शुरू हुई। नम्रता ने निर्मला देवी से ही सवाल की शुरुआत की "आप अपनी सरकार के 10 साल के कामकाज को कैसे आंकती हैं?"

निर्मला देवी पूरी तरह सचेत थीं गंभीरता से उत्तर दिया।

निर्मला देवी: "हमारा कामकाज संतोषजनक रहा है। हमने बहुत काम किया है। रोड, बिजली, पानी, सड़क से लेकर शिक्षा, स्वास्थ्य, और रोज़गार के क्षेत्र में काम किया है, और हमें जनता का भरपूर समर्थन भी मिला है।"

जैसे ही निर्मला देवी ने इतना कहा जनशक्ति पार्टी के कार्यकर्ता हूटिंग करने लगे।

वीरेंद्र कुमार (भीड़ की तरफ़ देखते हुए): "यह देखिए, निर्मला देवी जी! जनता ही आपके काम को नकार रही है। रोड, पानी, बिजली, शिक्षा, सब जुमला है।"

जनशक्ति के कार्यकर्ता, वीरेंद्र कुमार जिंदाबाद! जिंदाबाद! के नारे लगाने लगे।

नम्रता वहाँ मौजूद दर्शकों को शांत करवाते हुए: "ये डिबेट शो है, पार्टी का जुलूस नहीं है, कृपया अपनी मर्यादा में रहें।"

वीरेंद्र कुमार: "हकीकत तो पूरी तरह अलग है। बिजली 24 घंटे नहीं मिल रही। कई मोहल्लों में पानी की किल्लत है, स्वास्थ्य के हालात तो और भी बदतर हैं। सरकारी क्लीनिक खुलते ही नहीं।"

निर्मला देवी (अपनी बात का बचाव करते हुए): "हाँ, समस्याएँ हैं, लेकिन सुधार हो रहा है। हर काम में समय लगता है।"

वीरेंद्र कुमार (पलटवार किया): "10 साल का समय कम नहीं होता। जनता ने आपको एक बार नहीं, दो बार मौका दिया है। इस बार आपको बाहर का रास्ता दिखाएँगे।"

निर्मला देवी (आत्मविश्वास से): "दिल्ली की जनता समझदार है।"

नम्रता: "जनता काम से तय करेगी किसे चुनना है। खोखले भाषणों से ज़्यादा, उन्हें ज़मीनी बदलाव चाहिए।"

वीरेंद्र कुमार (थोड़ा गम्भीर होते हुए): "हमारी सरकार बनी तो लोकपाल लाएँगे, दिल्ली को पूर्ण राज्य का दर्जा दिलाएँगे। सरकारी स्कूलों में सुविधाएँ बढ़ाएँगे और उन्हें प्राइवेट स्कूलों के स्तर तक लेकर जाएँगे। हम प्राइवेट स्कूलों की फ़ीस को भी कम करवाएँगे और हर मोहल्ले में क्लिनिक खुलवाएँगे। सुरक्षा, रोज़गार, पर्यावरण–हर क्षेत्र में हम काम करके दिखाएँगे। दिल्ली की जनता, बस एक मौका दीजिए। हम काम करके दिखाएँगे। आपके साथ जो भी विश्वासघात हुआ है, उसकी पाई-पाई उनसे वसूलेंगे।"

निर्मला देवी ने वीरेंद्र कुमार को टोकते हुए: "कहना एक बात होती है, करना दूसरी... सिर्फ़ भाषण देने से काम नहीं होता।"

वीरेंद्र कुमार (पलटकर जवाब दिया): "हम काम करने वाले लोग हैं और काम करके दिखाते हैं। बातें तो आप जैसे लोग बनाते हैं। आप अभी देश के लिए जान देने की बात करते हैं और चुनावी सभाओं में धन कमाने की बात करते हैं।"

तभी नम्रता (व्यंग्य कसते हुए): "क्या यह नौटंकी नहीं है? धरना देना, प्रदर्शन करना?"

विरेंद्र कुमार (मौक़ा न चूकते हुए, हाथ उठाकर): "यह नौटंकी नहीं... यह मौका है, इस सत्ता को बदलने का! अब वक्त आ गया है... सच और झूठ की लड़ाई का!"

नम्रता (हड़बड़ी में कैमरा की तरफ़ मुड़ते हुए): तो आज की यह बहस यहीं समाप्त होती है... हमारे पास और वक्त नहीं है। लेकिन यह चुनावी जंग अभी जारी है। तब तक के लिए नमस्कार!

***

27-

चुनाव के दिन जैसे-जैसे पास आते जा रहे थे, लहर जनशक्ति पार्टी की तरफ़ होती जा रही थी। सभी चुनावी एग्जिट पोल में जनशक्ति पार्टी की बढ़ती बढ़त देखकर निर्मला देवी की हताशा और निराशा बढ़ने लगी। उन्हें पता था कि इस बार अगर हार गईं तो उनके राजनीतिक करियर पर पूर्ण विराम लग जाएगा। धन-बल का इस्तेमाल करने के बावजूद भी कोई भी रणनीति कारगर होती नहीं दिख रही थी। किसी और पर भरोसा करने के बजाय, वह खुद हर काम देखने लगीं।

चुनाव से ठीक पहले एक अर्जेंट हाई-लेवल मीटिंग बुलाई गई। एग्जिट पोल देखकर निर्मला देवी का पारा पहले से ही चढ़ा हुआ था। मीटिंग में आते ही अपने सहकर्मियों और अपने मीडिया प्रभारी रमन राय पर भड़क उठीं।

निर्मला देवी (गुस्से से): "क्या हुआ तुम्हारी प्लानिंग का? तुम लोगों का क्या है, आज इस पार्टी में तो कल उस पार्टी में... हमारे पास सिर्फ़ एक हफ़्ते का समय है!"

रमन राय जैसे पहले से ही सब तैयारी कर रखी हो, उसे पता था अब बातें बनाने से बात नहीं बनने वाली है, उसने कुछ रणनीतिक तथ्य डॉक्यूमेंट की फाइल निर्मला देवी की तरफ आगे बढ़ा दी। उस फाइल में कुछ सीक्रेट प्लान थे, निर्मला देवी बड़ी गंभीरता से उन पर गौर करती है।

दूसरी तरफ विरेंद्र कुमार अपने कार्यकर्ताओं के साथ एक रोड शो करते हुए आगे बढ़ रहे थे। उनकी गाड़ी के आगे-पीछे हज़ारों की भीड़ पूरे जोश और उत्साह के साथ नारे लगा रही थी। तभी विरेंद्र कुमार की गाड़ी के आगे कुछ उपद्रवी तत्वों ने उन्हें घेर लिया।

वे विरेंद्र कुमार के ख़िलाफ़ नारे लगा रहे थे: "विरेंद्र कुमार मुर्दाबाद! मुर्दाबाद!"

विरेंद्र कुमार लोगों से शांति बनाए रखने की अपील करते जा रहे थे, लेकिन लोग सुनने को तैयार नहीं थे। देखते ही देखते, कुछ लोगों ने विरेंद्र कुमार पर चप्पल और जूते फेंकने शुरू कर दिए। भीड़ में भगदड़ मच जाती है। इसी बीच एक चप्पल सीधे विरेंद्र कुमार के चेहरे पर जा लगी।

वीरेंद्र कुमार बिना कुछ सोचे ही आगे बढ़ते हुए भीड़ से बात करने लगे। तभी भीड़ से पत्थर फेंके जाने लगे। अभिमन्यु ने तुरंत वीरेंद्र कुमार को पकड़कर अपने पीछे खींचा और ड्राइवर से गाड़ी को भीड़ से दूर ले जाने के लिए कहा। लेकिन भगदड़ के कारण गाड़ी आगे नहीं बढ़ पा रही थी। अभिमन्यु जैसे-तैसे वीरेंद्र कुमार को गाड़ी से बाहर खींचा और उन्हें दूसरी गाड़ी में बैठाया।

वीरेंद्र कुमार: "मैं डरूंगा नहीं, अब तो बिलकुल नहीं।"

अभिमन्यु (समझाते हुए): "सर, यह भीड़ है, इसका कोई चेहरा नहीं होता। अगर आपको कुछ हो गया तो लेने के देने पड़ जाएँगे। आप जाइए, हम सब संभाल लेंगे।"

वीरेंद्र कुमार वहाँ से निकल गए। तब तक पुलिस भी आ चुकी थी और मीडियाकर्मी भी वहाँ पहुँच चुके थे। मीडिया को एक गरमा-गरम मसाला मिल गया। सनसनीखेज खबर चलने लगी "भारी जनसभा में वीरेंद्र कुमार पर चप्पल-जूतों से हमला... जुबान से जूते तक!" वीरेंद्र कुमार जब घर पहुँचे तो उनकी बेटी विनीता टीवी पर यही खबर देख रही थी।

विनीता: "पापा, यह राजनीति कितनी गंदी है... फिर भी, यह सब इसमें चलता है।"

वीरेंद्र कुमार (गुस्से में): "कोई मुझे जूते मारे और तुम्हें खुशी हो रही है?"

विनीता (शांत करते हुए): "पापा, इससे आपको जनता की सहानुभूति मिलेगी।"

वीरेंद्र कुमार (भड़कते हुए): "सहानुभूति? यह तो मेरी बेइज्जती है! लोग मेरा मज़ाक उड़ा रहे हैं।"

तभी उनके फ़ोन की घंटी बजी। वो फोन पर कुछ देर बात करने के बाद निराशा से फोन नीचे रख दिया।

विनीता: "क्या हुआ, पापा? कोई और मुसीबत?"

वीरेंद्र कुमार (सिर पकड़ते हुए): "सर मुड़वाते ही, ओले पड़ने शुरू हो गए।"

वीरेंद्र कुमार की पत्नी शालनी (हाथ में तौलिया पकड़ाते हुए) : "पहले कपड़े तो चेंज कर लो।"

वीरेंद्र कुमार (तौलिया हाथ में लेकर): "मेरी तो पैंट ही उतर गई।"

***

28-

दफ्तर के बाहर पार्टी के सभी पदाधिकारी वीरेंद्र कुमार के आने का इंतज़ार कर रहे थे। जैसे ही वीरेंद्र कुमार अपनी पैंट का हुक बंद करते हुए बाहर निकले, सभी उनकी तरफ़ लपके। एक पदाधिकारी ने कहा: "सर, ग़ज़ब हो गया!"

वीरेंद्र कुमार (बड़बड़ाते हुए): "सब ग़ज़ब ही ग़ज़ब हो रहा है।"

तभी सुमित, वीरेंद्र कुमार के पास आया (घबराते हुए धीरे से उनके कानों में): "सर, वो 10 लाख माँग रहा है! अगर आज ही नहीं दिया तो वो वाला वीडियो लीक कर देगा।"

वीरेंद्र कुमार: "उसे लाइन पर लो। बात करो!"

फ़ोन पर वीरेंद्र कुमार: "क्या चाहते हो?"

उधर से पत्रकार की आवाज़ आई: "वही चाहता हूँ जो दुनिया चाहती है, आपको पता है।"

वीरेंद्र कुमार (गुस्से से अपने दाँत पीसते हुए): "ठीक है, लेकिन ?"

पत्रकार ने जवाब दिया: "वह सब मुझ पर छोड़ दीजिए, सर ! मैं सब देख लूँगा।"

वीरेंद्र कुमार ने फ़ोन काट दिया। कुछ देर तक सदमे में थे। जैसे सब को साँप सूंघ गया हो।

तभी सुमित (चुप्पी तोड़ते हुए): "सर, उस पत्रकार की लाइन डिस्कनेक्ट कर दिया जाए ?"

वीरेंद्र कुमार (गुस्से में): "सब साले फ़र्ज़ी हैं। पहले से ही हाथ धोकर पीछे पड़े हुए हैं।" कहते हुए उठ कर जाने लगे।

इसी दौरान, नम्रता अपने केबिन में बैठी चुनावी सरगर्मी पर नज़र बनाए हुए थीं। तभी अतुल उनके केबिन में आता है।

अतुल: "मैडम, आपने देखा? सोशल मीडिया में वीरेंद्र कुमार का एक ऑडियो वायरल हो रहा है।"

नम्रता (व्यंग भरे लहजे में): "मैं सुन भी रही हूँ और देख भी रही हूँ। राजनीति में ऐसा कोई स्तर नहीं है। यह सब तो अब आम बात है।"

तभी नम्रता की नज़र दूसरे चैनल की ब्रेकिंग न्यूज़ पर गई। ख़बर थी कि वीरेंद्र कुमार चुनाव की फंडिंग के लिए एक बिल्डर से डील कर रहे थे। ऑडियो टेप लीक हो गया था। ऑडियो टेप में वीरेंद्र कुमार एक बिल्डर से 10 करोड़ की डील करने की बात कर रहे थे।

अतुल (हल्की मुस्कान, आँखें सिकोड़ते हुए): "यह चुनाव किसी महाभारत से कम नहीं है। देखते जाइए, अभी और क्या-क्या होता है।"

उधर निर्मला देवी इस ऑडियो टेप कांड को पूरी तरह से भुना लेना चाहती थीं। 'सत्ता का लोभी', 'भ्रष्ट', 'लालची' जैसे शब्दों का इस्तेमाल होने लगा। राजनीति में नफरत की आग जल रही थी। एक पार्टी दूसरी को गिराने में लगी हुई थी, वहीं दूसरी तरफ अभिमन्यु के दिल में वीरेंद्र कुमार की बेटी विनीता के लिए प्यार के फूल खिल रहे थे। उसकी सादगी और अपने काम के प्रति उसका समर्पण देखकर अभिमन्यु उससे मिलने के बहाने खोजने लगा। विनीता को कैसे अपने प्यार के रंग में रंगे, यही दिमागी कसरत करते हुए वह बालकनी में खड़ा था।

तभी पीछे से जयंत आया और हँसते हुए: "क्या हुआ भाई? क्या चाँद-तारे देख रहा है? या महबूब नजर आने लगा हैं?"

"कुछ नहीं।" :अभिमन्यु गहरी साँस छोड़ते हुए, मन मसोसते हुए बोला।

जयंत (हँसते हुए): "वह बड़ी ऊँची चीज़ है।"

अभिमन्यु जयंत की तरफ सवालिया निगाहों से उसकी तरफ देखते हुए जैसे वो जानना चाह रहा हो किसके बारे में बात कर रहा है।

जयंत (अपनी आँखें घुमाते हुए रहस्यमई अंदाज में): "वीरेंद्र कुमार को पता चल गया तो वह बोरिया-बिस्तर बँधवा देगा।"

“मोहब्बत अगर जंग है तो मैं आखरी सिपाही हूँ।” :अभिमन्यु जोशीले अंदाज में बोला।

जयंत: “शादी से बचने के लिए ही तो घर छोड़ कर यहाँ आए, फिर क्यों ?”

अभिमन्यु: “यार उस लड़की में एक स्पार्क है।"

जयंत: “नाम,सोहरत..पैसा...यही स्पार्क है।”

ये कहते हुए जयंत जैसे उसे अपनी नजरों से तोल रहा हो। अभिमन्यु झेप गया आगे कुछ बोलना उसे ठीक नहीं लगा।

"चलो छोड़ो भी।" :कहते हुए अभिमन्यु अंदर जाने लगा।

***

29-

अभिमन्यु और विनीता के बीच मुलाकातों का सिलसिला बढ़ता जा रहा था। कहते हैं, जब मिलना होता है तो किस्मत खुद ही बहाने बना देती है। अभिमन्यु को विनीता से मिलने के लिए ज्यादा मसक्कत नहीं करनी पड़ी। कचहरी से ज्यादा उपयुक्त जगह भला और क्या हो सकती है। विनीता को शक भी नहीं होगा, और वह कोई न कोई बहाना बना लेगा। कचहरी में कौन किससे मिलने आया गया, किसी को क्या

पता चलता है। अगले दिन वह कचहरी पहुँच गया। बाहर एक चाय का ठेला था, जहाँ काला कोट पहने वकील आपस में बहस कर रहे थे। तभी अभिमन्यु की नज़र विनीता पर पड़ी। वह अपनी चाय की चुस्की लेते हुए अपनी नज़रें हटाने लगा। जैसे ही विनीता उसके पास से गुजरी, उसने अभिमन्यु को देखा पर कुछ नहीं कहा और चुपचाप वहाँ से चली गई।

कुछ देर बाद अभिमन्यु कचहरी के अंदर पहुँच गया। विनीता अपने साथी वकीलों के साथ खड़ी बातें कर रही थी। अभिमन्यु जानबूझकर एक-दो बार उसके पास से गुजरा पर विनीता ने उस पर ध्यान नहीं दिया। अभिमन्यु ने मन ही मन सोचा, 'ये तो वाकई में बड़ी फोकस्ड लड़की है।'

उसने जानबूझकर जोर-जोर से फ़ोन पर बात करना शुरू कर दिया: "हाँ, मैं कोर्ट में हूँ।"

सामने कुछ दूरी पर एक वकील का बोर्ड लगा था। उसके आस-पास कई और वकीलों के बोर्ड लगे हुए थे। एक बोर्ड थोड़ा बड़ा था जिसमें "श्याम चरण उपाध्याय" लिखा था।

अभिमन्यु (मन ही मन): "लगता है कोई बड़ा वकील होगा।"

(फोन पर ऊँची आवाज़ में)

अभिमन्यु: "मुझे वकील श्याम चरण उपाध्याय का चेंबर नहीं मिल रहा..."

अभिमन्यु अनजान बनने का नाटक करते हुए उसी चेंबर के आस-पास मंडराने लगता है।

अभिमन्यु: "श्याम चरण उपाध्याय... चेंबर मिल नहीं रहा। किधर है? लेफ़्ट में? या राइट में?"

तभी विनीता की नज़र उस पर पड़ती है।

विनीता: "अरे, अभिमन्यु, तुम यहाँ क्या कर रहे हो?"

"एक केस के सिलसिले में आना हुआ है...मैं श्याम चरण उपाध्याय का ऑफिस ढूँढ रहा था।" :अभिमन्यु घबराते हुए बोला।

विनीता उसी चेंबर के पास जाकर रुक गई। अभिमन्यु घबराते हुए मन ही मन सोचाता है 'फँस गया" अब क्या करे तभी उसके दिमाग में जैसे फिर कोई विचार आया।

अभिमन्यु (विनीता से): "ये तो बड़ा महंगा वकील लगता है। मेरा तो बस एक छोटा-सा मारपीट का मामला है..."

अभिमन्यु हल्की मुस्कान के साथ फ़ोन पर बात करने का नाटक करते हुए वहाँ से निकल गया।

विनीता (मन ही मन): "अजीब आदमी है...। "

कई दिनों तक अभिमन्यु विनीता का पीछा करता रहा, लेकिन सामने जाकर बात करने की हिम्मत नहीं जुटा पा रहा था।

वह अक्सर कचहरी के बाहर ही चक्कर काटता रहता जैसे ही विनीता वहाँ आती, अभिमन्यु दूर खड़ा होकर उसे बस निहारता रहता। विनीता का एक मन तो किया की एक बार पूंछे, ये रोज यहाँ क्या करने आता है, फिर सोचा जाने दो ,अपने से क्या लेना।

एक दिन कोर्ट के बाहर ही कुछ लफंगे आगे बढ़कर विनीता पर फब्तियाँ कसने लगे। वीरेंद्र कुमार को लेकर वे चिढ़ा रहे थे: "दलाल की बेटी है..."

विनीता ने बिना डरे आगे बढ़कर जैसे ही थप्पड़ मारने को हुई, उन लफंगों ने उसका हाथ पकड़ लिया, फब्तियाँ कसने लगे। अभिमन्यु जैसे इसी अवसर की प्रतीक्षा में हो, बिना देरी उन लफंगों पर टूट पड़ता है। जैसे ही उन्हें दो-चार मुक्के पड़े, वो लफंगे भाग खड़े हुए।

“कोई बात नहीं, ये सब विरोधी पार्टी के लफंगे हैं, अब नहीं आएंगे।” :अभिमन्यु विनीता की ओर देखकर माहौल को हल्का करने की कोशिश करते हुए बोला।

विनीता, अपने चेंबर की तरफ जाने लगी, अभिमन्यु भी उसके पीछे आने लगा।

वनीता: “तो तुम और तुम्हारी पार्टी के कौन से शरीफ और ईमानदार हो, जब देखो तब यहीं मटरगश्ती करते रहते हो।”

“वो ऐसा बिल्कुल नहीं है, मैं वो...कुछ ज़रूरी काम...” :अभिमन्यु हकलाते हुए, असमंजस और घबराहट में कहते-कहते रुक जाता है।

तब तक दोनों विनीता के चेंबर में पहुँच चुके थे। विनीता ने बैठने का इशारा किया, उसका चेहरा एकदम से ज़र्द गुस्से में लग रहा था। अभिमन्यु को लगा कहीं विनीता ये बात वीरेंद्र कुमार से ना कह दे, वरना लेने के देने पड़ जाएँगे।

विनीता का चेंबर ज्यादा बड़ा तो नहीं था। सामने दो लोगों के बैठने की जगह थी। एक तरफ़ अभिमन्यु बैठ गया और दूसरी तरफ़ विनीता खुद बैठ गई। विनीता अपनी केस की फ़ाइल निकालती हुई उसमें बिज़ी हो गई।

अभिमन्यु की तरफ़ बिना ध्यान दिए अपना काम करने लगी। अभिमन्यु, विनीता को देखते हुए अपनी कल्पनाओं में डूब गया। ख़यालों में देखा कि उसकी और विनीता की शादी हो रही है। अभिमन्यु ख़यालों में डूब गया था। कमरे की लाइटें धीमी हो गईं और दोनों भावनाओं के सैलाब में बहने लगे।

तभी अचानक से विनीता, अभिमन्यु की तंद्रा तोड़ते हुए।

विनीता: “हेलो! तुम्हारा क्या मैटर है?” :विनीता कड़क आवाज़ में, सामने झटके से देखते हुए बोली।

“ऑफिस... आपका ऑफिस कितना अच्छा है!” :अभिमन्यु जैसे नींद से जगा, हकलाते हुए, नर्वस हँसी के साथ बोला।

विनीता (घूरते हुए): "मैं एक वकील हूँ, ये वकील का चेंबर है।"

"वकील क्या दिल का केस भी लेता है?" :अभिमन्यु, खुद को सँभालते हुए हल्की मुस्कान के साथ, बात घुमाने की कोशिश करते हुए बोला।

विनीता (झुंझलाहट में): "तुम्हें वकील की नहीं, डॉक्टर की ज़रूरत है।"

"ठीक है, मैं चलता हूँ।"

अभिमन्यु, मुस्कुराते हुए उठकर थोड़ी शरारत भरी नज़र डालते हुए बोला। अभिमन्यु के जाने के बाद विनीता, अपने आप से बड़बड़ाते हुए बात कर रही थी।

"अजीब आदमी है... पर दिल से बुरा भी नहीं लगता।"

विनीता जैसे कोई हिसाब-किताब मन ही मन बैठा रही हो।

***

30-

पार्टी के काम के अलावा, अभिमन्यु कवि सम्मेलनों में भी अपनी एक अलग पहचान रखता था। पुरानी दिल्ली में एक बड़े कवि सम्मेलन का आयोजन था। लोगों की भीड़, खासकर युवा काफी तादात में मौजूद थे। अभिमन्यु के आने की खबर सुनकर ही हर तरफ एक बेचैनी और उत्सुकता फैल गई थी।

युवाओं के बीच अभिमन्यु की लोकप्रियता किसी रहस्य से कम नहीं थी। जैसे ही वो कुर्ते-पजामे में एक शांत और गंभीर नेता की तरह मंच की ओर बढ़ा, भीड़ में एक अजीब सी खामोशी छा गई। हर किसी की निगाहें अभिमन्यु पर जम गई। जैसे ही अभिमन्यु ने अभिवादन किया भीड़ की खामोशी एक उन्माद में बदल गई। युवाओं ने उन्माद के साथ हूटिंग शुरू कर दी।

इस प्रतिक्रिया ने अभिमन्यु के चेहरे पर एक रहस्यमयी मुस्कान ला दी। उसका आत्मविश्वास और जोश दोगुना हो गया। जोरदार तालियों के बीच अभिमन्यु मंच के दूसरे कोने में लगे पोडियम पर पहुँच जाता है। उसने माइक को हाथ में लिया। उसकी आवाज़ में एक ऐसी गंभीरता थी, जो तालियों की गड़गड़ाहट को चीरती हुई निकली: मैं ताली बजावाने वाला कवि नहीं हूँ। "मेरी बात दिल में उतर जाए, या दिल चीर के निकल जाए... बस दो ही तरह की बात करने में यकीन करता हूँ।"

उसने एक लंबा साँस लिया, और धीरे से कहा: "आज वही बात करूँगा जो दिल में उतर जाए ।" उसने एक पल के लिए अपनी नज़रें नीचे झुका लीं, जैसे कि उसने कुछ ऐसा कह दिया हो, जिसका राज अभी सामने आना बाकी है।

अभिमन्यु की बात सुनकर पूरा हॉल शांत हो गया। उसकी आवाज़ की गंभीरता ने हर किसी को अपनी सीट पर जकड़ लिया था। लेकिन इस सन्नाटे में भी एक आवाज़ थी, जो सिर्फ़ अभिमन्यु को सुनाई दे रही थी। वह आवाज़ विनीता की थी, जो सामने ही बैठी थी।

पोडियम से कुछ ही दूर, पहली पंक्ति में बैठी विनीता, अभिमन्यु को देख रही थी। उसके चेहरे पर एक अजीब सी मुस्कान थी, जैसे वह उसके हर शब्द का मतलब जानती हो। अभिमन्यु की नज़रें जो अभी तक पूरी भीड़ को भेद रही थीं, अब सिर्फ़ उस एक चेहरे पर आकर ठहर गईं।

उसने माईक को अपनी तरफ झुकाया, और उसकी आवाज़ में एक नर्म और धीमापन आ गया, जो पहले के जोशीले अंदाज़ से बिल्कुल अलग था।

अभिमन्यु (रूहानियत भरे अंदाज में): "मैं बोलता हूँ, और तुम मुस्कुराती हो। मेरी हर बात पर तुम्हारी आँखों में एक कहानी बनती है। आज मैं वो कहानी सुनाना चाहता हूँ।"

अभिमन्यु ने अपनी आँखें बंद की और एक गहरी साँस ली।फिर अभिमन्यु ने अपनी कविता शुरू की:

"एक अजनबी सी दुनिया में, एक चेहरा रोज़ मिलता है। जब देखता हूँ उसे, मेरा दिल रोज़ मचलता है। यह कोई शायरी नहीं, जो मैं लिखता हूँ रोज़, यह तेरी अदा है, जो मेरी रगो में बहती है।"

जैसे ही कविता ख़त्म हुई, हॉल में फिर से एक गूँज उठी, लेकिन इस बार यह तालियों की नहीं, बल्कि दिल की गहराइयों की गूँज थी। अभिमन्यु की नज़रें अभी भी विनीता पर थीं, जो उसे देखकर मुस्कुरा रही थी।

कविता खत्म होते ही हवा में एक तेज सनसनाहट गूँजी। अचानक, भीड़ के बीच से किसी ने अभिमन्यु की तरफ़ फ़ायरिंग कर दी। गोली माइक को छूती हुई, अभिमन्यु के सीने और कंधे के बीच से निकल गई।

एक पल के लिए हर कोई अपनी जगह पर जम गया, फिर चारों तरफ़ कोहराम लोगों में भगदड़ मच गई। अचानक पूरे हॉल की लाइट बंद हो गई। अंधेरे का फ़ायदा उठाकर, गोली चलाने वाला भीड़ में गायब हो गया। फिर अचानक लाइट वापस आ गई, जैसे सबकुछ पहले से ही तय हो। वहीं अभिमन्यु खून से लथ-पथ ज़मीन पर पड़ा था, उसके कुर्ते पर लाल धब्बा तेज़ी से फैलता जा रहा था।

उसे तुरंत अस्पताल ले जाया गया। अस्पताल के रास्ते एम्बुलेंस में गोली लगने के बावजूद अभिमन्यु ने अपना होश नहीं खोया। डॉक्टर उसे बात करने से मना कर रहे थे, पर अभिमन्यु कहाँ मानने वाला था। यह इश्क़ का फितूर था या जवानी का जोश वो बस उस वक़्त खुद की तबियत से बेफिक्र था, तरबियत में उसके वही ताजगी थी। अभिमन्यु, डॉक्टर की तरफ देख कर मुस्कुराते हुए: "गोली मुँह में थोड़ी न लगी है कि बात न करूँ!"

अभिमन्यु के साथ जयंत भी था, उसने जयंत की तरफ आँख मारी और धीरे से कहा।

अभिमन्यु: "अरे, एक गोली से क्या होगा?"

जयंत का चेहरा गुस्से से लाल था। उसने अभिमन्यु का हौसला बढ़ाते हुए मुट्ठी भींचकर।

जयंत: "कोई नहीं जिसने भी करवाया ,हम उसे छोड़ेंगे नहीं !"

अभिमन्यु का जज्बा देखकर डॉक्टर भी हैरान थे। इधर जान पर बनी है और ये मुस्कुरा रहा है। अस्पताल पहुँचते ही अभिमन्यु को फ़ौरन इमरजेंसी में ले जाया गया। डॉक्टरों की टीम तुरंत उसका इलाज करने लगी। वीरेंद्र कुमार अपने घर पर आराम से डाइनिंग टेबल पर बैठे थे तभी उनका फोन बजा।

उन्होंने बिना किसी चिंता के फोन उठाया, लेकिन दूसरी तरफ से विनीता की आवाज़ ने उन्हें चौंका दिया। विनीता की आवाज़ काँप रही थी।

वीरेंद्र कुमार: "क्या... कब... कहाँ... अभिमन्यु को गोली मार दी !"

उधर से विनीता की आवाज आई: "मैं अस्पताल जा रही हूँ!"

उस पल वीरेंद्र कुमार के चेहरे पर हैरानी और गुस्सा दोनों था।

वीरेंद्र कुमार: "तुम वहाँ कर क्या रही हो?"

विनीता को वीरेंद्र कुमार का यह सवाल बर्दाश्त नहीं हुआ। उसका गुस्सा फूट पड़ा।

उधर से विनीता की आवाज आई: "मैं वही कर रही हूँ, जो मुझे करना चाहिए, कोई आपके लिए दिन-रात काम कर रहा है, खून-पसीना बहा रहा है, और आज मौत के मुँह में है..."

विनीता का यह गुस्सा सिर्फ अभिमन्यु के लिए नहीं था, बल्कि यह वीरेंद्र कुमार के बेफिक्र रवैये पर भी था। वीरेंद्र कुमार ने शांत रहने की कोशिश की, लेकिन विनीता की आवाज़ में एक ऐसा दर्द और आक्रोश था, जो यह साफ बता रहा था कि अभिमन्यु का उसके लिए क्या मतलब था। विनीता के गुस्से से वीरेंद्र कुमार नरमी दिखाते हुए।

वीरेंद्र कुमार: "तुम तो बस बात की खाल निकालती हो, मैं आ रहा हूँ ।" यह कहकर उन्होंने बिना एक पल गंवाए अपनी गाड़ी की चाबी उठाई और गुस्से में घर से बाहर निकल गए।

अस्पताल के बाहर का नज़ारा किसी रणभूमि से कम नहीं था। हज़ारों लोगों की भीड़ जमा थी। पुलिस का सख़्त पहरा था। किसी को भी अंदर जाने की इजाज़त नहीं थी, यहाँ तक कि मीडिया को भी नहीं। कार्यकर्ता सड़कों पर खड़े होकर वीरेंद्र कुमार के आने का इंतज़ार कर रहे थे।

जैसे ही वीरेंद्र कुमार की गाड़ी रुकी, लोगों ने नारे लगाना शुरू कर दिया: "वीरेंद्र कुमार जिंदाबाद! अभिमन्यु जिंदाबाद!"

गाड़ी से उतरते ही सुमित उनके पास भागा।

सुमित: "पुलिस किसी को भी अंदर नहीं जाने दे रही है!"

सुमित की बात सुनकर वीरेंद्र कुमार का चेहरा गुस्से से तमतमा गया। उन्होंने अपनी जैकेट ठीक की और भीड़ की तरफ देखते हुए ऊंची आवाज़ में।

वीरेंद्र कुमार: "ऐसे कैसे? मैं देखता हूँ। यह सब उस पार्टी की चाल है, यह सब निर्मला देवी करवा रही है।"

पुलिस वालों ने वीरेंद्र कुमार को अंदर जाने से रोक दिया। यह सुनकर वीरेंद्र कुमार और भड़क गए।

वीरेंद्र कुमार: "तुझे पता है मैं कौन हूँ?"

पुलिस ऑफिसर ने शांत भाव से जवाब दिया: "जी, पता है सर, लेकिन हम अपने ऑर्डर को फॉलो कर रहे हैं।"

वीरेंद्र कुमार (धमकी देते हुए): "कुछ ही दिन और! जब मेरी सरकार आएगी तो..."

कहते हुए अपने कार्यकर्ताओं की तरफ मुड़े: "यहीं धरने पर बैठ जाओ। लाठी चले या गोली चले, उठना मत!"

रात के 12 बजे का समय था। निर्मला देवी भी इस ख़बर से पूरी तरह अचंभित थीं।

जब निर्मला देवी अस्पताल पहुँचीं, टीवी पर यह ब्रेकिंग न्यूज़ चल रही थी: " जनशक्ति पार्टी के कार्यकर्ता अभिमन्यु पर जानलेवा हमला।"

निर्मला देवी को देखते ही वीरेंद्र कुमार के कार्यकर्ता: "मुर्दाबाद" के नारे लगाने लगे।

इसी बीच निर्मला देवी भी हॉस्पिटल पहुँच गई। निर्मला देवी मीडिया से बिना बात किए ही अंदर चली गईं। डॉक्टर से अभिमन्यु की स्थिति का पूरा जायजा लिया। डॉक्टर ने उन्हें आश्वासन दिया कि अभिमन्यु ठीक हैं और उनकी हालत में सुधार हो रहा है। निर्मला देवी पुलिस को तुरंत अपराधियों को पकड़ने का आदेश दिया और सबके सामने फटकार लगाई।

फिर, वह बाहर आकर सभी मीडियाकर्मियों से मुखातिब हुईं। उन्होंने शांत और सधी हुई आवाज़ में सवालों का जबाव देने लगी।

निर्मला देवी: "यह घटना बहुत ही दुखद और निंदनीय है। चुनाव से दो दिन पहले इस तरह की घटना...हमारे खिलाफ माहौल बनाने का प्रयास है।"

पत्रकार: " अभिमन्यु अब कैसा है ?"

निर्मला देवी: " अभिमन्यु की स्थिति सामान्य है। मैं ईश्वर से उनके जल्द स्वस्थ होने की कामना करती हूँ।"

उनकी बात खत्म होते ही मीडियाकर्मी सवाल पर सवाल करने लगे एक पत्रकार ने आगे बढ़कर सवाल दागा: "इस घटना के पीछे किसका हाथ है?"

निर्मला देवी: "मुझे पुलिस जाँच पर भरोसा है। इस घटना के पीछे जो भी होगा, वह जल्दी ही सलाखों के पीछे होगा।"

एक और पत्रकार ने (तीखी आवाज़ में): "वीरेंद्र कुमार का कहना है कि इस घटना के पीछे आपका हाथ है?"

निर्मला देवी: "वह कुछ भी कह सकते हैं, आदत से मजबूर हैं।" इतना कहकर वह बिना किसी और सवाल का जवाब दिए वहाँ से चली गईं।

***

31-

मतदान के परिणाम सामने आ चुके थे। जैसा कि अपेक्षित था, स्वराज पार्टी के खिलाफ जनआक्रोश अपने चरम पर था और उन्हें इस चुनाव में बुरी तरह हार का सामना करना पड़ा। दूसरी तरफ, 'जनशक्ति पार्टी' की जीत के मद में उन्मत्त थी। ढोल-नगाड़े बज रहे थे, आतिशबाजी हो रही थी और हवा में 'वीरेंद्र कुमार ज़िंदाबाद' के नारे गूँज रहे थे।

अभिमन्यु अपने घर पर ही आराम कर रहा था। अस्पताल से छुट्टी मिल चुकी थी उसकी हालत में सुधार हो रहा था, लेकिन उसका मन बेचैन था। बाहर जश्न की आवाज़ें आ रही थीं, पर उसके घर में एक अजीब-सी चुप्पी पसरी हुई थी। यही सोच कर दुखी हो रहा था कि जिस व्यक्ति ने क्या कुछ नहीं किया, अपनी जान जोखिम में डाली, उसे जीतने के बाद किसी ने देखने तक की ज़हमत नहीं उठाई। उसे लग रहा था जैसे दूध में पड़ी मक्खी को बाहर निकाल कर फेंक दिया गया हो। एक दिन जयंत, अभिमन्यु के घर पहुँचा। चुनाव जीतने की खुशी उसके चेहरे पर साफ़ झलक रही थी।

जयंत: "तीन दिन बाद शपथ ग्रहण समारोह है, चलोगे ना?"

अभिमन्यु ने (धीरे से): "क्यों नहीं, कोई बुलाए तो।"

उसने कुछ सोचते हुए जयंत से पूछा: "किसी का फ़ोन नहीं आया।"

जयंत (हँसते हुए): "अभी सब लोग जीत का जश्न मना रहे हैं। पार्टी में सब बहुत व्यस्त हैं, चिंता मत करो!"

जयंत के जाने के बाद अभिमन्यु ने कई बार वीरेंद्र कुमार को कॉल किया, लेकिन उन्होंने एक बार भी फ़ोन नहीं उठाया। निराश होकर उसने सुमित को कॉल लगाया। सुमित ने कॉल उठाया।

सुमित (धीमी, उम्मीद भरी आवाज़ में): "कैसे हो ? सब ठीक है ना?"

अभिमन्यु (औपचारिक और ठंडा स्वर में): "हाँ, सब ठीक है।"

सुमित: " आराम कीजिए। कोई समस्या हो तो बताना।"

इतना कहकर सुमित ने तुरंत फ़ोन काट दिया। अभिमन्यु एक पल के लिए स्तब्ध रह गया उसे अहसास गया कि अब उसकी कोई अहमियत नहीं रही।

***

32-

वीरेंद्र कुमार के घर के बाहर ढोल-नगाड़ों की आवाज़, रंगीन गुब्बारे हवा में उड़ रहे थे। कार्यकर्ता एक-दूसरे को बधाई दे रहे थे और जीत का जश्न मना रहे थे। अभिमन्यु के जिस हाथ पे गोली लगी थी, प्लास्टर बधा था। अपनी ख़राब तबियत के वाबजूद वीरेंद्र कुमार के घर पर पहुँच गया।

वहाँ मौजूद हर जाने-पहचानने वाले चेहरों से 'दुआ-सलाम' करते हुए अंदर जाने लगा। कल तक जो लोग उसे दूर से देखते ही झुककर प्रणाम करते थे, उनके हाव-भाव रातों-रात बदल गए थे। कल तक जिनकी नजरों में वो हीरो था, अचानक से अजनबी हो गया। निजाम बदलते ही वीरेंद्र कुमार के रंग ढंग तेवर बदल चुके थे, दर्जनों मुस्टंडे सिक्योरिटी वाले उनकी सुरक्षा में तैनात थे। तभी एक सुरक्षाकर्मी ने अभिमन्यु को दरवाज़े पर ही रोक दिया।

सुरक्षाकर्मी: " साहब अभी बहुत व्यस्त हैं। आप बाद में आइएगा।"

अभिमन्यु ने भौचक्का होकर उसकी तरफ़ देखा लेकिन उस आदमी की आँखों में अभिमन्यु के प्रति सहानुभूति थी। वह केवल अपना काम कर रहा था। अभिमन्यु वहीं पर ठिठक गया। अभिमन्यु बाहर ही इंतजार करने लगा। कई घंटे बीत गए, घर के अंदर से हँसी-मज़ाक और जीत का शोर आ रहा

था। वहीं अभिमन्यु अपने दर्द को दबाए खामोशी से बैठा रहा। लेकिन वीरेंद्र कुमार की तरफ़ से कोई बुलावा नहीं आया।

तभी विनिता की नज़र उस पर पड़ी। उसे वहाँ बैठा देखकर वह हैरान रह गईं। वह गुस्से में गार्ड पर चिल्लाईं और तुरंत अभिमन्यु को अंदर ले आईं। अंदर वीरेंद्र कुमार आराम से सोफे पर बैठे टीवी देख रहे थे। हर न्यूज़ चैनल में बस वही छाए हुए थे। हर तरफ बस वीरेंद्र कुमार की तारीफ़ों के पुल बाँधे जा रहे थे, मानो अभिमन्यु का हमला उनके लिए एक वरदान साबित हुआ हो। उनके आसपास कुछ और सलाहकार गंभीर मुद्रा में बैठे थे।

अभिमन्यु को देखते ही, वीरेंद्र कुमार उठकर और दिखावे के जोश में उसे गले लगा लिया। उनकी आँखें बाहर से मुस्कुरा रही थीं, लेकिन अभिमन्यु को उनमें एक अजीब-सी खालीपन दिखाई दिया। अभिमन्यु को लगा जैसे वह गले नहीं, बल्कि किसी अजगर के शिकंजे में आ गया हो।

वीरेंद्र कुमार: "मुझे तो तुम्हारी बहुत चिंता हो रही थी।"

अभिमन्यु अपनी मुंडी नीचे कर हाँ में सर हिलाया।

वीरेंद्र कुमार ने बिना कोई समय गवाए फिर कहा: "बहुत जीत की खुमारी में मत रहना। काम अभी पूरा नहीं हुआ। तुम्हें एक बहुत ही ज़रूरी काम करना है।"

अभिमन्यु (बुझे स्वर में): "आदेश दें, सर।"

वीरेंद्र कुमार: "शपथ ग्रहण समारोह की पूरी लिस्ट तैयार करनी है। सभी मेहमानों को लेटर भिजवाना है। पूरी व्यवस्था का जिम्मा मैं तुम्हें सौंपता हूँ।" फिर उन्होंने विनीता की ओर इशारा करते हुए कहा: "सब समझा देना।"

अभिमन्यु यह सुनकर मन ही मन बहुत खुश हुआ। उसे तो बस विनीता के करीब आने का एक बहाना चाहिए था। विनीता और अभिमन्यु एक कमरे में चले गए। विनीता मेहमानों के नाम बताती जा रही थी और अभिमन्यु एक-एक करके उनका ड्राफ्ट तैयार करने लगा। काफी देर तक विनीता उसे देखती रहीं। वह सोच रही थीं कि अभिमन्यु अपने काम में इतना डूबा हुआ है कि उसे किसी और बात की परवाह ही नहीं है। वह मन ही मन सोचती हैं, इसे काम के अलावा कुछ और सूझता ही नहीं। मुझे ही इसके मन में कुछ डालना होगा। लेकिन फिर सोचती हैं, नहीं, अभी यह सब पूछने का सही समय नहीं है।

विनिता मन ही मन मुस्कुराई। अभी नहीं' उसके अपने दिल को समझाया। मन में ही सोचा, 'बेटा, तू डाल-डाल तो मैं पात-पात।' अभिमन्यु अपने दिल की बात को एक सवाल का रूप देते हुए बोला।

अभिमन्यु: "ऐसा क्यों होता है? इतना भेदभाव क्यों किया जाता है? अमीर लड़की, गरीब लड़के से प्यार... मैं ये नहीं कह रहा होता होगा, मैंने तो नहीं सुना।"

वह रुक गया, उसकी आँखों में एक अजीब-सी बेचैनी थी।

अभिमन्यु, विनीता की आँखों में गहराई से देखते हुए उम्मीद और घबराहट उसके चेहरे पे साफ़ झलक रही थी। अभिमन्यु: "आप समझ रही हैं ना?"

विनीता (मुस्कान के साथ): “समझ रही हूँ, कच्चे कवि?"

तभी अचानक से दरवाज़ा खुलता है। सामने वीरेंद्र कुमार थे, आखिर में विनीता ने जो बोला था उन्होंने सुन लिया था।

वीरेंद्र कुमार: "कौन नाराज़ हो रहा है?"

अभिमन्यु (चौंककर जल्दी से बात बदलते हुए, बनावटी हँसी के साथ): "सर... जिसे निमंत्रण नहीं मिलेगा, वो नाराज़ हो जाएगा...।"

वीरेंद्र कुमार (रौबीले अंदाज में): "होने दो। सुनो, एक काम करो। शपथ ग्रहण के बाद शाम को एक पार्टी का इंतजाम करना है। किसी बड़े होटल में। पूरी व्यवस्था तुम्हें ही देखनी है।"

कहते हुए चले जाते है। अभिमन्यु और विनीता बस एक दूसरे की तरफ देख कर मुस्कुराते हैं। अभिमन्यु फिर से वही पुराने ढर्रे पे लौट आया। वीरेंद्र कुमार की भक्ति में दिन -रात लगा था। एक तरफ़ उसकी वफ़ादारी थी, तो दूसरी तरफ़ विनिता के लिए उसका प्यार।

उसके ज़ख़्म अभी पूरी तरह से भरे भी नहीं थे, फिर भी वह अपनी परवाह किए बिना दौड़-भाग कर रहा था। दुनिया भर का काम खाने की व्यवस्था से लेकर मेहमानों के स्वागत तक उसने कोई कसर नहीं छोड़ी।

जयंत और अभिमन्यु के बीच अच्छी बनने लगी थी। साये की तरह उसके हर काम में रहता ,उसका हाँथ बटाता। जयंत ने उससे कई बार कहा भी इतना सब होने के बाद भी क्यों इतना काम कर रहा है। अभिमन्यु यही कहता; यही तो सही समय है काम करने का। अपनी सरकार है, अपना काम हम नहीं करेंगे तो कौन करेगा।

***

33-

शपथ ग्रहण समारोह का भव्य मंच सज चुका था। चारों ओर भीड़, कैमरों की फ्लैश लाइटें और तालियों की गूंज से गूंज रहा था। निर्मला देवी भी उस सपथ समारोह में पहुंची थी, हाथ में फूलों का गुलदस्ता लेकर वीरेंद्र कुमार की तरफ बढ़ी।

निर्मला देवी (शांत और संयमित स्वर में वीरेंद्र कुमार से):

"पद जितना बड़ा होता है, ज़िम्मेदारी भी उतनी ही बड़ी होती है। उम्मीद है, आप दिल्ली की जनता के विश्वास पर खरे उतरेंगे।"

वीरेंद्र कुमार (हल्की मुस्कान के साथ गुलदस्ते को थामते हुए): "फूल हैं तो काँटे भी होंगे। उन्हें साफ़ करना अब हमारी ज़िम्मेदारी है।"

मंच के चारों ओर मौजूद लोग तालियाँ बजा रहे थे। कैमरों की फ्लैश बार-बार चमकता है, मानो इस क्षण को इतिहास में दर्ज कर रही हों। निर्मला देवी उनकी बात का अर्थ समझ गईं, लेकिन अपने चेहरे पर कोई भाव नहीं आने दिया।

निर्मला देवी (धीरे से कहा): "यह राजनीति है, वीरेंद्र जी... सबको साथ लेकर चलना पड़ता है।"

वीरेंद्र कुमार भी मंझे हुए खिलाड़ी थे। वह अच्छी तरह समझ गए थे कि निर्मला देवी का इशारा किसी और ओर है, साथ लेकर चलने का मतलब भ्रष्टाचार पर पर्दा डालने से था। वीरेंद्र कुमार बिना कुछ बोले अन्य मेहमानों की तरफ आगे बढ़ गए। वीरेंद्र कुमार का बड़े ही भव्य तरीके से शपथ ग्रहण समारोह हुआ। हजारों की संख्या में लोग पहुँचे थे। वीरेंद्र कुमार सहित कई प्रमुख नेताओं ने मंत्री पद की शपथ ली। वीरेंद्र कुमार की जीत राजनीतिक गलियारों में चर्चा का विषय बन गई थी।

उनका व्यक्तित्व राष्ट्रीय स्तर पर उभर कर सामने आया । जीत के बाद उनके विरोधी भी उनकी तारीफ़ के पुल बाँधने लगे थे। देश के हर क्षेत्रीय और राष्ट्रीय अखबारों के पन्नों में वीरेंद्र कुमार की ख़बरें छाई हुई थीं। न्यूज़ चैनल में वह टी.आर.पी. का केंद्र बिंदु बन गए थे। राजनीतिक पंडित सुबह से शाम तक विश्लेषण में लगे रहते।

***

34-

शाम को एक बड़े पाँच-सितारा होटल में पार्टी का आयोजन हुआ। हॉल लाइट से जगमगा रहा था। रोशनी, फूलों की सजावट और रंग-बिरंगे परिधान पहने नेता वहाँ पहुँचे थे। वीरेंद्र कुमार के रुतबे के आगे हर कोई सिर झुकाकर सम्मान दे रहा था। यह महज़ एक पार्टी नहीं थी, बल्कि उनकी जीत का जश्न था। उसी समय विनीता अपनी माँ शालिनी के साथ वहाँ पहुँचीं। हमेशा साधारण-सी वेशभूषा में दिखने वाली विनीता उस दिन महरून रंग के डिज़ाइनर कुर्ते में बेहद ख़ूबसूरत लग रही थीं।

जैसे ही अभिमन्यु की नज़र पड़ी उसकी साँसें मानो थम-सी गईं। उसे ऐसा लगा जैसे कोई परी सीधे आसमान से उतर आई हो। उसकी आँखों में एक ख़्वाब उमड़ आया उसने देखा, जैसे विनीता दुल्हन के लिबास में उसके सामने आ रही हों हाथों में जयमाला लिए और वह वहीं खड़ा उनका इंतज़ार कर रहा हो। अपनी ही दुनिया में खो गया । तभी पीछे से जयंत ने उसके कंधे को हिलाया और धीमे स्वर में हँसते हुए।

जयंत: “क्या हुआ? मैंने कहा था ना, यह रोग बुरा है। खुली आँखों से ख़्वाब देखना अच्छा नहीं होता।”

अभिमन्यु झेंप गया। उसके चेहरे पर हल्की-सी मुस्कान उभर आई, मानो किसी ने उसके दिल का राज़ पकड़ लिया हो।

इसी बीच, सोनाली पार्टी में दाख़िल हुई। उसके साथ एक लंबा-चौड़ा, गठीला बदन और आकर्षक व्यक्तित्व वाला युवक था। चेहरे पर चमक और चाल-ढाल में सितारों वाला रुतबा साफ़ झलक रहा था। वो सख्स मशहूर फ़िल्मी कलाकार विवान था, जिसने हालिया एक-आधा हिट फ़िल्में दी थी।

सोनाली सीधे वीरेंद्र कुमार की ओर बढ़ी और मुस्कुराते हुए उसका परिचय करवाती है।

सोनाली: “ये मिस्टर विवान हैं।”

वीरेंद्र कुमार ने तुरंत उत्साह और गर्मजोशी से अपना हाथ विवान की तरफ बढ़ाया हाथ मिलाते हुए।

वीरेंद्र कुमार: “इन्हें कौन नहीं जानता? क्या कमाल के एक्टर हो आप, मिस्टर विवान!”

विवान, वीरेंद्र कुमार की तरफ अपने हाथ बढ़ाते हुए।

विवान: “सो नाइस टू मीट यू! आप एक महान लीडर हैं...।”

अमीरों की यही सबसे बड़ी ख़ासियत होती है चाहे वे एक-दूसरे के सच्चे प्रशंसक हों या ना हों, मगर मिलते वक्त ऐसा दिखावा ज़रूर करते हैं मानो उनसे बड़ा शुभचिंतक और प्रशंसक कोई हो ही नहीं सकता।वीरेंद्र कुमार, विवान की कोई फ़िल्म भले ही ना देखी हो, लेकिन दिखावे में किसी से पीछे नहीं रहना चाहते थे।

वहीं दूसरी तरफ़ विवान का भी राजनीति या वीरेंद्र कुमार की पार्टी से कोई लेना-देना नहीं था। दोनों के बीच यह दिखावटी प्रशंसा और गर्मजोशी महज़ उस दुनियावी चलन का हिस्सा थी, जहाँ चेहरे मुस्कुराते हैं लेकिन इरादे अपने-अपने हिसाब से होते हैं। सोनाली ने शरारत भरे अंदाज़ में वीरेंद्र कुमार की ओर देखा और मुस्कुराते हुए।

सोनाली: “बाय द वे...विवान, मिस्टर शरद कौशिक के बेटे हैं।”

यह सुनते ही वीरेंद्र कुमार के चेहरे पर उत्साह और बढ़ गया।

वीरेंद्र कुमार: “ओह, नाइस! वो नहीं आए?”

विवान मुस्कुराया उसकी आवाज़ में आत्मविश्वास झलक रहा था।

विवान: “ही इज़ कमिंग।” (वो आ रहे हैं ।)

दूसरी तरफ अभिमन्यु वहां आने-जाने वाले मेहमानों के स्वागत-सत्कार में लगा था, जयंत भी उसके पास ही खड़ा था। जयंत ने उसके कंधे पर हाथ रखा और व्यंग्य से मुस्कुराते हुए।

जयंत: "लगता है तुम्हारी लव स्टोरी में हीरो आ गया है, और तुम विलेन हो गए।"

विवान अपनी फ़िल्मों के बारे में डींगें हाँक रहा था और विनीता उसकी बातों पर हँस रही थीं।

हॉल के भीतर हल्की-हल्की रौशनी फैली थी। क्रिस्टल के झूमरों से टपकती सुनहरी चमक में हर कोई रंगीन था। महँगे सूट, चमकती ज़्वेलरी और बनावटी मुस्कुराहटें सबकुछ उस माहौल को किसी नाटक का दृश्य बना रहे थे। अभिमन्यु की नज़र बार-बार वीरेंद्र कुमार और विवान की ओर जा रही थी। उसे पूरा भरोसा था, वीरेंद्र कुमार उसे पुकारेंगे और विवान से उसका परिचय करवाएँगे।

पार्टी अपने पूरे शबाब पे थी, अभिमन्यु की हालत ऐसी थी जैसे बेगानी शादी में अब्दुल्ला दीवाना। अभिमन्यु हिम्मत कर खुद ही विनीता की तरफ बढ़ा तभी बीच में सोनाली आ गई। उसके चेहरे पर वही चिर-परिचित रहस्यमयी मुस्कान थी, अभिमन्यु पर तंज कसते हुए।

सोनाली: “सावधान रहना” सोनाली ने उसकी आँखों में देखते हुए कहा: “यहाँ बड़े-बड़े शिकारी घूम रहे हैं।”

अभिमन्यु ठिठका लेकिन तुरंत ही सँभलकर उसने जवाब दिया।

अभिमन्यु: “तो हम कौन से अनाड़ी हैं?”

सोनाली: “अनाड़ी नहीं... लेकिन खिलाड़ी भी नहीं हो। तुम अभी कच्चे हो। और कच्चे इसलिए, क्योंकि तुम अच्छे हो। यहाँ अच्छाई कमजोरी है, जितनी जल्दी हो सके, संभल जाओ।”

अभिमन्यु बिना कुछ कहे सीधे विनीता की ओर बढ़ गया। विनीता और विवान बातों में मशगुल थे। विवान फिल्मी किस्से सुना रहा था और विनीता हँस-हँस उसकी बातों को बड़े चाव से सुन रही थी।उनकी मुस्कान, गूँजती खिलखिलाहट अभिमन्यु को भीतर तक चुभ रहा था। अभिमन्यु के दिल की धड़कनों की रफ़्तार तेज़ थी। विवान के पास पहुँचा और मुस्कुराते हुए।

अभिमन्यु: “हैलो, मायसेल्फ़ अभिमन्यु। मैं वीरेंद्र जी की पार्टी से...”

उसकी बात पूरी भी न हो पाई थी कि अचानक पीछे से एक गहरी, ठोस आवाज़ गूँजी। विवान का ध्यान तुरंत उस ओर खिंच गया। वह शख़्स और कोई नहीं बल्कि शरद कौशिक "कौशिक कॉर्पोरेशन" का मालिक विवान का पिता था।

वीरेंद्र कुमार की नज़रें जैसे ही शरद कौशिक पर पड़ीं, उनके चेहरे पर मुस्कान तो पहले से ही थी अब बाहें फैला कर उनकी तरफ लपके।

वीरेंद्र कुमार: “ओ !! आइये। आइये, मुझे तो लगा आप नहीं आएँगे!”

विवान भी अभिमन्यु की तरफ़ देखे बिना सीधा अपने पिता की ओर बढ़ गया। अभिमन्यु एक पल के लिए वहीं जम-सा गया। उसकी साँसें भारी हो गईं।

शरद कौशिक को देखते ही उसकी आँखों के सामने वही फैक्ट्री, वही धुँआ, वही हंगामा, वही चीखें तैरने लगीं। उसके ज़ेहन में घटनाओं का पूरा सिलसिला किसी बुरे सपने की तरह लौट आया।

“अबे ओ...”

जयंत ने उसकी तंद्रा तोड़ते हुए उसके कंधे पर हाथ मारा। अभिमन्यु के कान पे फुसफुसाते हुए।

जयंत: "जो इस पार्टी का नहीं होता वो उस पार्टी का होता है, ये राजनीति है, ऐसा ही होता है।"

अभिमन्यु को जैसे उसकी बात समझ नहीं आई, जयंत की ओर देखता है।

जयंत: “ये पॉलिटिक्स है, गुरु! यहाँ दिल नहीं दिमाग चलता है।”

उधर वीरेंद्र कुमार, शरद कौशिक के साथ हँस-हँसकर बातें कर रहे थे। उनके चेहरे पर चमकती मुस्कान अभिमन्यु के भीतर की आग को और भड़का दिया।उसकी आँखें लाल हो उठीं, होंठ फड़फड़ाते हुए जैसे उसने कहा।

“तेरी माँ... की...” अब वहाँ रुकना उसके लिए असहनीय हो गया था।

वीरेंद्र कुमार (शरद कौशिक से): "चलिए कुछ जलपान हो जाए, बातें तो चलती रहेंगी।" इतना कहकर वे दोनों वहाँ से चले गए।

पहली बार अभिमन्यु को ऐसा गहरा धक्का लगा था, मानो वह किसी लंबी नींद से अचानक जाग उठा हो। मन ही मन कुढ़ते हुए वीरेंद्र कुमार को शरद कौशिक के साथ जाते हुए देख कर।

अभिमन्यु (जयंत से): “इससे भी पैसे खाए होंगे इसने ?"

जयंत (अपना कन्धा उचकाते हुए): "कुछ ऐसा ही समझो।"

अभिमन्यु भारी मन और कदम से जाने लगा। तभी उसकी नज़र नम्रता पर पड़ी। लाल रंग की ख़ूबसूरत ड्रेस पहने हुए नम्रता ने जैसे ही अभिमन्यु को देखा, हल्की-सी मुस्कान उसके चेहरे पर खिल गई। अभिमन्यु ने भी जवाब में एक फीकी-सी मुस्कान दी, मगर उसके माथे की गहरी चिंता की लकीरें साफ़ झलक रही थी।

नम्रता सारा माजरा समझ गई। वह चुटकी लेते हुए।

नम्रता: “अब तो तुम्हारी सरकार है, टेंशन किस बात की?”

अभिमन्यु (धीमे स्वर में): “मुझे चलना चाहिए।”

वह मुड़कर जाने ही लगा था कि नम्रता ने झेपते हुए।

नम्रता: “ख़ैर... इलेक्शन में इतनी बिज़ी थी कि अस्पताल आने और तुमसे मिलने का मौक़ा ही नहीं मिला।”

अभिमन्यु की आँखों में हल्की नमी उतर आई। उसने गहरी साँस लेकर।

अभिमन्यु “थैंक यू... कम से कम आपने इतना सोचा तो।”

इतना कहने-सुनने के बाद दोनों अपने -अपने रास्ते बढ़ गए। पार्टी का शोर, रोशनी और नक़ली तालियों की गूंज से दूर अभिमन्यु ने भारी मन से बाहर की राह पकड़ी। उसी वक़्त उसे लगा मानो किसी ने पीछे से आवाज़ दी। अभिमन्यु थोड़ा ठिठका जैसे ही पीछे मुड़ कर देखा उसके सामने एक अधेड़ उम्र का शख़्स खड़ा था। गहरी, सोच-समझ भरी नज़रें और एक ठोस व्यक्तित्व। सतीश रंजन उस आदमी ने हाथ बढ़ाते हुए अपना परिचय दिया।

सतीश रंजन, स्वराज पार्टी के एक कद्दावर नेता थे। अभिमन्यु के करीब आते हुए।

सतीश रंजन: "यंग मैन, तुम्हारे बारे में बहुत सुना, राजनीति को तुम्हारे जैसे लोगों की ज़रूरत है।"

उन्होंने वीरेंद्र कुमार के पोस्टर की ओर नजर दौड़ाते हुए फिर कहा।

सतीश रंजन: "राजनीति में वही टिक सकता है, जो पार्टी के पीछे छुपना जानता हो। यहाँ वही चलता है जो दिखता है, न कि जो सच है।"

अभिमन्यु बस उनकी बात गौर से सुन रहा था।सतीश रंजन ने अपनी बात खत्म करते हुए।

सतीश रंजन: "याद रखना, अगर तुम सच्चाई के साथ हो, तो तुम सच्चाई तक पहुँचोगे। वैसे, अगर कभी ज़रूरत पड़े तो इस छोटे से इंसान को याद करना। असली और नकली में मुझे फ़र्क मालुम है।"

इतना कहकर सतीश रंजन वहाँ से चले गए। अभिमन्यु कुछ देर तक उन्हें जाते हुए एक टक देखता रहा।

***

35-

वीरेंद्र कुमार का असली चाल-चरित्र धीरे-धीरे अभिमन्यु के सामने खुल रहा था। लेकिन विनीता के प्यार में अभी भी उसे कुछ समझ नहीं आ रहा था। वह बिना किसी लाग लपेट के दिन-रात पार्टी के काम में लगा रहता। वहीँ सुमित, वीरेंद्र कुमार से चुगली करता कि अभिमन्यु अंदर ही अंदर बहुत माल बना रहा है। अभिमन्यु अब टीवी चैनलों का नया सितारा बन चुका था। जब भी 'जन शक्ति पार्टी' की तरफ़ से अपना पक्ष रखने के लिए बुलावा आता, तो अभिमन्यु को ही बुलाते। उसकी साफ़-सुथरी छवि, वाक्पटुता और आत्मविश्वास दर्शकों के दिल में घर कर गया था।

उधर विवान, विनीता को लगातार फ़ॉलो कर रहा था। वह उसे व्हाट्सएप पर मैसेज भेजता, पार्टियों में बुलाता। विनीता भी वीरेंद्र कुमार के रुतबे और पावर को भुनाना चाहती थी। खुद को औरों के बीच किसी सेलिब्रिटी की तरह पेश आने लगी थी। लेट नाईट पार्टी करना,पब जाना,ऐश करना।

कुलमिलाकर सत्ता की खुमारी बाप -बेटी के दिलो -दिमाग पे जम के हावी थी। वहीँ अभिमन्यु अभी भी उसी पुराने 1BHK फ्लैट में रहता था। सुबह का समय था सो रहा था, तभी दरवाज़े की घंटी बजी। अभिमन्यु समझ गया कि जयंत होगा या मंसुख आया होगा, जो कभी भी किसी भी समय आ धमकते हैं।

जैसे ही उसने दरवाज़ा खोला सामने नम्रता खड़ी थीं। अभिमन्यु एकदम से हड़बड़ा गया। घबराहट में उसने अपनी शर्ट के बटन ठीक करने शुरू कर दिए।

नम्रता, अभिमन्यु की तरफ देख कर मुस्कुराई।

नम्रता: "कोई बात नहीं, मैं कम्फ़र्टेबल हूँ।"

अभिमन्यु को कुछ देर तक समझ ही नहीं आया की वो क्या कहे, बस नम्रता को देखता रहा, तभी नम्रता उसकी तन्द्रा तोड़ते हुए।

नम्रता: "अंदर आने को नहीं कहोगे?"

अभिमन्यु अब भी यक़ीन नहीं कर पा रहा था। ये वही नम्रता है जिसके लिए हफ़्तों चक्कर लगाया करता था, जो कभी भाव नहीं देती थी और आज खुद उसके दरवाज़े पर खड़ी है! अभिमन्यु थोड़ा हड़बड़ाया फिर हाथ से इशारा करते हुए।

अभिमन्यु: "हाँ... प्लीज़, अंदर आइए।"

नम्रता ने कमरे के भीतर आते ही चारों तरफ़ नज़र दौड़ाई। उसने दीवारों, सादी सजावट, क्रांतिकारियों की लगी तस्वीरों को उस छोटे से स्पेस में देख कर प्रभावित होती है।

नम्रता: "एक्चुअली मैं यहाँ से गुज़र रही थी तो सोचा मिलती चलूँ। यह फ़्लैट कुछ ज़्यादा ही छोटा नहीं लग रहा? अब तो कोई बड़ा-सा फ़्लैट या घर ले लो।"

अभिमन्यु (संकोच से): “घर-घर होता है, छोटा हो या बड़ा।”

नम्रता ने हल्की-सी हँसी के साथ सिर हिलाया।

नम्रता: “ आपके आदर्श हो सकते हैं... लेकिन आपकी पार्टी का नहीं। विधायक से लेकर मंत्री तक, वीरेंद्र कुमार के सारे रिश्तेदार, जहाँ से भी कमाई का ज़रिया मिले सब मौके पे हैं।” :अभिमन्यु का चेहरा सख़्त हो गया।

अभिमन्यु: “ ऐसा नहीं होना चाहिए। मुझे लगता है,बदलाव होना चाहिए...और मैं कर पाऊँगा।”

नम्रता (बात बदलते हुए): “ मेरे एन.जी.ओ. में काम करो। वहाँ भी सेवा है।'”

अभिमन्यु ने नम्रता की तरफ़ देखा। उसे यह सुझाव बहुत अच्छा लगा। वह कुछ कहने वाला था कि दरवाज़े पर फिर से घंटी बजी। मकान मालिक दरवाज़े पर था। कई दिन से रोज किराया माँगने आ जाता था। अभिमन्यु अब देता हूँ की तब बात टालता जा रहा था। इससे पहले कि अभिमन्यु कुछ बोल पाता, नम्रता ने मकान मालिक से Paytm नंबर लिया और पूरा किराया चुका दिया। अभिमन्यु हैरान होकर उसे देखता रह गया।

नम्रता (मुस्कुराते हुए): "यह एडवांस सैलरी है।"

***

36-

दिल्ली में हुए बदलाव की लहर देश के बांकी राज्यों में भी फैल रही थी, जहाँ आने वाले सालों में चुनाव होने वाले थे। दशकों से जहाँ कई क्षेत्रीय पार्टियाँ प्रभावी रूप से सक्रिय थीं। एक अलग ही क्षेत्रीय संतुलन की लहर बन रही थी।

उनके लिए यह एक नई आशा और उम्मीद की किरण थी उन्हें भी लगने लगा था कि वे खुद के दम पर अपने प्रदेश में सरकार बना सकते हैं। इन पार्टियों ने सक्रिय रूप से रणनीति बनानी शुरू कर दी थी और 'स्वराज पार्टी' को वहाँ से उखाड़ फेंकने में कोई कसर नहीं छोड़ना चाहते थे। सभी ने मिलकर नई सरकार का मुखर तरीक़े से विरोध करना शुरू कर दिया था।

'स्वराज पार्टी' के राष्ट्रीय अध्यक्ष नरोत्तम दास टंडन, ज़मीनी हलचल को महसूस कर रहे थे। दिल्ली के वरिष्ठ नेताओं की एक आपातकालीन मीटिंग बुलाई। निर्मला देवी को पहले से ही पता था कि उन पर गाज गिरने वाली है। उनकी जगह दिल्ली का कोई दूसरा चेहरा होगा। अपनी पावर बनाए रखने के लिए पूरी कोशिश में थी उनका करीबी जिसे उन्होंने ही पार्टी में आगे बढ़ाया था, उसे ही दिल्ली की कमान सौंपी जाए।

उसी समय, पार्टी के भीतर कुछ ऐसे नेता भी थे जो अंदर ही अंदर निर्मला देवी का विरोध करते थे और उनकी इस चाल को कामयाब नहीं होने देना चाहते थे। वे उन्हें दिल्ली की राजनीति से पूरी तरह से अलग-थलग करना चाहते थे। उन के लिए एक बड़ा मौका था, जो निर्मला देवी को पूरी तरह से राजनीतिक पिच से बाहर कर सकें।

सतीश रंजन जो स्वराज पार्टी एक कद्दावर नेता थे। पिछले दस सालों से दिल्ली में उनकी अपनी एक अलग ही पकड़ थी। वह पाँच बार विधायक रह चुके थे और उनका स्वभाव भी बेहद अक्खड़ था, जो किसी के आगे झुकने में यकीन नहीं रखता था।

मीटिंग में सभी नेता अपनी-अपनी राय रख रहे थे। कोई हार का कारण रणनीतिक चूक बता रहा था, तो कोई 'परिवर्तन की लहर' को दोषी ठहरा रहा था। किसी ने 'गोली कांड' को जनता के बीच संवाद की कमी का नतीजा बताया, तो किसी ने ज़मीनी स्तर पर कमज़ोर पकड़ को। आखिर में, बात निर्मला देवी पर आकर रुकी। नरोत्तम दास सब की बात बड़ी गंभीरता से सुन रहे थे, उन्होंने भी अपना मत रखा।

नरोत्तम दास: "हार के कारण कई हैं, जैसा कि सबने कहा है, लेकिन हमें अब इसके आगे बढ़ना चाहिए।"

अब तक शांत बैठे सतीश रंजन (गंभीर स्वर में): "हमें इस हार की जवाबदेही लेनी चाहिए। हम जनता की उम्मीदों पर खरे नहीं उतर पाए। हम सबके बीच जो भी कमियाँ और मनमुटाव हैं, उन्हें भुलाकर एकजुट होना पड़ेगा और जनता की सेवा करनी होगी।"

नरोत्तम दास उन्होंने इशारों में सतीश रंजन को पास बुलाया और उनसे कुछ देर मंत्रणा की। कुछ देर बाद राष्ट्रीय अध्यक्ष ने सभी पार्टी कार्यकर्ताओं की ओर देखते हुए।

नरोत्तम दास: "हमें एक ऐसे चेहरे की जरूरत है, जो इस मुश्किल समय में पार्टी को एकजुट कर सके।"

मीटिंग में बैठे सभी चेहरों की तरफ गौर करते हुए फिर कहा : "मेरा सुझाव है कि सतीश रंजन जी को प्रदेश का प्रभार सौंपा जाए। आप सभी सहमत हैं ना?"

पूरे हॉल में सन्नाटा छा गया। किसी के पास बोलने के लिए कोई शब्द नहीं था। सब निर्मला देवी की तरफ़ देखने लगे। निर्मला देवी समझ गई कि अब उनका समय ख़त्म हो चुका है।

निर्मला देवी (भारी मन से): "हमें परिस्थितियों और समय के हिसाब से आगे बढ़ना चाहिए।"

सर्वसम्मति से सभी ने सतीश रंजन के नाम पर सहमति जताई।

***

37-

वीरेंद्र कुमार नायक फ़िल्म के अनिल कपूर की तरह रातों-रात बदलाव लाना चाहते थे। एक साथ कई आदेश जारी किए, जिसमें पुराने बिजली बिलों की माफ़ी, सड़कों का निर्माण, पानी, सफ़ाई, स्कूल और अस्पताल जैसी घोषणाएँ अपने घोषणा पत्र में शामिल सभी योजनाओं को जल्द से जल्द पूरा करने में लगे थे। उधर मीडिया में ख़बरों का बाज़ार गर्म था कि वीरेंद्र कुमार की बेटी विनीता और अभिनेता विवान के बीच नज़दीकियां बढ़ रही हैं। लिंक-अप की चर्चा ने ज़ोर पकड़ लिया था, जिसके चलते अभिमन्यु और विनीता के बीच की दूरी भी बढ़ती जा रही थी।

पार्टी के अंदर अब पहले जैसी बात नहीं रही। सभी मंत्री और विधायक अपनी-अपनी जेबें भरने में लगे थे।अंदरूनी कलह बढ़ती जा रही थी। अभिमन्यु ने कई बार वीरेंद्र कुमार से इस बारे में शिकायत भी की लेकिन कुछ असर नहीं। पार्टी के नेता एक कान से सुनते और दूसरे से निकाल देते थे। वीरेंद्र कुमार ने भी अब विकास की राह छोड़कर केंद्र सरकार के ख़िलाफ़ मोर्चा खोल दिया था।

वीरेंद्र कुमार ने अब सीधे प्रधानमंत्री के ख़िलाफ़ मोर्चा संभाल लिया था। उन्हें लगता था कि इसके ज़रिए वह अपनी राष्ट्रीय स्तर की छवि बना लेंगे। वह आए दिन प्रधानमंत्री के ख़िलाफ़ नए और निराधार आरोप लगाते, कभी धरना देते तो कभी मोर्चे निकालते। सोशल मीडिया में भी वह लगातार आरोप-प्रत्यारोप में लगे रहते थे।

वीरेंद्र कुमार एक अलग ही ट्रैक पर थे, तो उनके मंत्री और विधायक कमाई का कोई भी जरिया नहीं छोड़ना चाहते थे। हर जगह कमीशन खोरी और भ्रष्टाचार अपनी चरम सीमा पर था। जो पार्टी कभी भ्रष्टाचार के ख़िलाफ़ आंदोलन करती थी, अब वह खुद पूरी तरह से इस दलदल में लिप्त हो चुकी थी। धीरे-धीरे पार्टी बिखरने लगी थी। पार्टी के ही कुछ नेता और विधायक भ्रष्टाचार और वीरेंद्र कुमार की राजनीति के ख़िलाफ़ बगावत पर उतर आए थे।

पार्टी के बड़े-बड़े नेता दूसरी पार्टियों में जाने लगे थे। चारों तरफ़ से विरोध और अंदरूनी कलह ने जनशक्ति पार्टी की मुश्किलें बढ़ने लगी थी।

***

38-

इसी तरह सरकार को चलते-चलाते महीने भर गुजर गए। उधर विवान, विनीता को अपने जाल में फंसाने की पूरी तैयारी में लगा था। वह विनीता को लगातार मैसेज करता, जोक भेजता, एक तरह से दोनों के बीच अच्छे दोस्ताना सम्बन्ध बन गए थे। विनीता को भी लाइम लाइट में बने रहना अच्छा लगने लगा, सोशल मीडिया से लेकर टीवी चैनल तक हर जगह लोग उनकी चर्चा करते। विनीता कई बार विवान के साथ घूमने-फिरने जाती। मीडिया में दोनों के प्रेम-संबंधों की ख़बरें छपती। अभिमन्यु यह सब पढ़कर अंदर से टूट गया, मानो मोहब्बत से उसका भरोसा ही उठ गया हो।

उधर कौशिक कारपोरेशन के मालिक शरद कौशिक के सीने में अभी भी आग सुलग रही थी। वह अभिमन्यु से बदला लिए बिना चैन से नहीं बैठना चाहता था। इसी बीच, अभिमन्यु ने नम्रता के साथ एन.जी.ओ. में काम करना शुरू कर दिया था। तकरीबन रोज़ ही उनकी मुलाक़ात होती थी।नम्रता के साथ खुद को एक सहज परिवारिक सदस्य की तरह महसूस करने लगा था। यह एहसास उसके लिए बिल्कुल नया था, एक ऐसा अहसास, जिसे शब्दों में बाँध पाना मुश्किल था। बस एक भावनाओं का प्रवाह था, जिस में दोनों बिना रोके-टोंके उसी बहाव में बहना चाहते थे।

हालाँकि नम्रता की उम्र अभिमन्यु से कुछ ज़्यादा थी, लेकिन यह बात उनके बीच कभी नहीं आई थी। बरसात के दिन थे, दिल्ली में कई दिनों से जम कर बारिश हो रही थी। सड़कें पानी से भरी थीं, स्कूल से लेकर दफ़्तर तक सब बंद थे। लोग अपने-अपने घरों में आराम कर रहे थे। इक्का-दुक्का लोग ही सड़क पर आते-जाते दिख जाते।

एक दिन बारिश ज़ोरों पर थी। अभिमन्यु बालकनी में खड़ा अपने खयालों में डूबा था। तभी उसकी नज़र नीचे सड़क पर पड़ी। छाता थामे, तेज़ क़दमों से नम्रता जा रही थी। अभिमन्यु हैरानी से उसे आवाज देता है।

अभिमन्यु: "हैलो! कहाँ जा रही हैं? वो भी इतनी बारिश में?"

नम्रता (गंभीर भाव से): "पानी घरों में घुस रहा है। लोगों की मदद करने जा रही हूँ।"

अभिमन्यु: "लौट आइए।"

अभिमन्यु इशारा करते हुए कहता है, नम्रता ने इशारों में ही जाने का संकेत दे कर तेजी से अपने कदम बढ़ाते हुए जाने लगी। अभिमन्यु तुरंत अंदर जाकर बरसाती कपड़े पहने, एक छाता उठाया और नम्रता के पीछे चल पड़ा। जल्दी -जल्दी कदम बढ़ाते हुए नम्रता के पास पहुँच गया।

नम्रता (हल्की मुस्कान के साथ): "मैंने तुम्हें आने को तो नहीं कहा।"

अभिमन्यु: "कुछ तो काम आऊंगा।"

दोनों आपस में बातें करते हुए शांति नगर पहुँच गए। पूरा इलाक़ा जल-भराव से भरा हुआ था। तभी अचानक पानी में कोई हलचल हुई, जैसे कोई जीव हो। नम्रता डर गईं डरकर अभिमन्यु के गले में हाथ डालकर उसे कसकर पकड़ लेती है ।

अभिमन्यु (हँसते हुए): "क्या बात है! इतनी बड़ी पत्रकार, जिसके सवालों से बड़े-बड़े नेताओं के पसीने छूट जाते हैं, वो एक मेढक से डरती है।"

नम्रता घबराहट में कुछ बोल नहीं पाईं।

अभिमन्यु(धीरे से): "मैं हूँ ना!"

अभिमन्यु,नम्रता को अपनी गोद में उठा लेता है और सुरक्षित स्थान पर ले गया। अभिमन्यु ने अपने मोबाइल से एक तस्वीर खींची और उसे देखकर मुस्कुराने लगा।

"कहीं ब्लैकमेल करने का इरादा तो नहीं?" :नम्रता ने हँसते हुए पूछा।

"कुछ ऐसा ही समझो!" :अभिमन्यु मुस्कुराते हुए बोला।

दोनों बारिश का मज़ा लेते हुए बातें करते रहे। लौटते-लौटते शाम हो गई और दोनों पूरी तरह भीग चुके थे। अभिमन्यु

उसे छोड़कर वहाँ से जाने लगा तभी नम्रता ने उसका हाथ खींचते हुए।

अभिमन्यु: "चलो अंदर!"

अभिमन्यु (चुटकी लेते हुए): "क्या इरादा है?"

नम्रता: "तुमसे इतनी मेहनत करवाई, मेरा भार उठाया अब मेरा भी तो कुछ फर्ज बनता है।"

नम्रता कामुकता से अभिमन्यु की आँखों में जैसे उतरने की कोशिस कर रही हो मुस्कुराते हुए अंदर चली गईं और अपने गीले कपड़े बदलने लगी। अभिमन्यु बाहर सोफ़े पर बैठा था। बारिश के कारण उसके कपड़े पूरी तरह भीग चुके थे, सोफ़े पर पानी टपक रहा था। इतने में नम्रता अंदर से अपनी नाइट ड्रेस में बाहर आईं, जिसे देखकर अभिमन्यु को थोड़ा अजीब लगा। अभिमन्यु झेपते हुए खड़ा हो गया।

अभिमन्यु : "सॉरी, मैं..."

नम्रता (हँसते हुए): "इसमें सॉरी की क्या बात है!" कहते हुए अपने हाथों में लिया हुआ एक लोअर उसकी तरफ़ उछाला और किचन में चली गईं। अंदर से पकौड़े की ख़ुशबू आने लगी। अभिमन्यु अपने कपड़े बदलने के बाद हॉल की दीवार पर लगे नम्रता के अवार्ड और सर्टिफिकेट देखने लगा।

अभिमन्यु दीवार पर लगे नम्रता के अवार्ड और सर्टिफिकेट्स देख ही रहा था कि नम्रता पकौड़े लेकर बाहर आई। अभिमन्यु की नज़रें अनायास ही उस पर जा ठहरीं, दिल की धड़कने तेज हो गई। मन ही मन ख़ुद को समझाने लगा; ये सब ग़लत है, बस चाय पीकर चुपचाप निकलना है। नम्रता किचन से चाय और पकौड़े लेकर बाहर आती है, देखा कि अभिमन्यु उनसे नज़रें चुरा रहा है।

नम्रता (हँसते हुए): "कहाँ खोए सरकार ?"

अभिमन्यु (घबराते हुए): "अब मुझे चलना चाहिए।"

नम्रता ने प्लेट रखी और अभिमन्यु के बगल में आकर बैठ गईं। कुछ देर तक बिना पलक झपके बस देखती रही। अचानक से गहरी साँस भरते हुए अपनी नजरें हटा लेती है, उसकी आँखों में नमी, कुछ सोचते हुए उसके चेहरे पे उदासी साफ़ झलक रही थी। फिर खुद को संभाला और माहौल बदलते हुए।

नम्रता: "चलो, पकौड़े खाओ!"

अभिमन्यु प्लेट से एक पकौड़ा उठाते हुए।

अभिमन्यु :"काफी इम्प्रेसिव है, इतने सारे अवॉर्ड..."

पकौड़े तो गर्म थे लेकिन नम्रता के चेहरे के भाव ठन्डे ही थे, अपने अवार्ड की तरफ देखते हुए बेमन से कहती है।

नम्रता: “हाँ...इसे मेहनत कहो, लक कहो...या उसूलों की कुर्बानी।”

इतना कहने के बाद वह थोड़ी गमगीन हो गई। अभिमन्यु उसके हाथों पर थपकी देते हुए सांत्वना देता है। नम्रता की आँखें भर आईं।

अभिमन्यु: “आप चाहें तो अपने दिल की बात मुझसे कह सकती हैं।”

अभिमन्यु सहानुभूति और आग्रह के साथ कहता है। नम्रता, लंबी साँस भरते हुए खिड़की के पास जाकर खड़ी हो गई। बाहर जगमगाती स्ट्रीट लाइट और ऊपर आसमान से टपकती बारिश की बूंदें अब उसे किसी नासूर की तरह प्रतीत हो रही थीं। नम्रता के चेहरे के भाव बदलने लगे, जैसे कोई घाव बार-बार अंदर ही अंदर सल रहा हो। किसी चोट से फिर उभर कर बाहर आ गया हो। गुजरी ज़िंदगी के वरक़ फिर पलटने लगे। अभिमन्यु, नम्रता के बोलने का इंतज़ार कर रहा था। उसके दिमाग़ में भी तरह-तरह के उधेड़-बुन चल रही थी।

वह बस जानना चाहता था, शायद पहले से कहीं ज़्यादा। तभी नम्रता ने उसकी तंद्रा तोड़ते हुए।

नम्रता: “कहाँ से शुरू करूँ... क्या बताऊँ... अपनी शर्मिंदगी का अहसास... रूह की तपिश जो जिस्म को जला रही है... जख्म जो भरते नहीं...”

अभिमन्यु: “शायद वो जख्म इसलिए उभर रहे हैं कि भरना चाह रहे हों... मेरा मतलब...” अभिमन्यु सहानुभूति के साथ नम्रता द्वारा बोले गए शब्दों को पूरा करने की कोशिश करता है। नम्रता बिना अभिमन्यु की तरफ़ देखे गिरती बारिश की बूँदों को निहारते हुए अपनी ज़िंदगी के बीते लम्हों के एहसास में खोती चली गई।

***

39-

"मैं हिमाचल प्रदेश से हूँ। मैंने पत्रकारिता की पढ़ाई पढ़ाई करने के बाद दिल्ली में किसी बड़े न्यूज़ चैनल में काम करने का सपना था। मगर घरवालों को ये ख्याल मंज़ूर नहीं था। उन्हें लगता था, वहाँ एक अकेली लड़की कैसे रह पाएगी? उनकी चिंता जायज़ थी, पर मेरे सपनों के आगे कोई दीवार टिक नहीं पाई। बहुत समझाने-बुझाने के बाद आखिरकार वो मान गए।

दिल्ली पहुँची तो एक हॉस्टल में रहने लगी। शुरुआती दिन बहुत कठिन थे। हर रोज़ हाथ में अपना बायोडाटा लेकर चैनलों के दफ़्तरों के बाहर भटकती रही, कहीं भी नौकरी का दरवाज़ा नहीं खुला। हर शाम मन में सवाल उठता; मैंने ग़लत फ़ैसला तो नहीं कर लिया?

एक दिन किसी न्यूज़ चैनल में काम करने वाली लड़की से मुलाकात हुई। उसने सलाह दी 'यहाँ सिर्फ़ सीरत से काम नहीं चलता, सूरत भी मायने रखती है। टैलेंट अच्छा है, लेकिन टैलेंट का एक्स्पोज़र और भी ज़रूरी है।' शायद यही सच था। धीरे-धीरे साधारण सलवार-कुर्ती की जगह मैंने मॉडर्न ड्रेसेज़ पहननी शुरू कर दीं। आईने में देखकर खुद को पहचानना मुश्किल होता। शायद यही रास्ता था, जो इस शहर में जगह बनाने के लिए अपनाना पड़ता।

धीरे-धीरे उस माहौल में ढलने लगी, जहाँ हर किसी को अपनी पहचान बनाने के लिए हज़ार जतन करने पड़ते थे। कई महीनों भटकने के बाद जब किसी बड़े न्यूज़ चैनल में जॉब नहीं मिली तो मैंने एक लोकल न्यूज़ चैनल के साथ जुड़ कर काम करने लगी। करियर की सीढ़ियाँ चढ़ने के लिए मैंने नेताओं की गतिविधियों को क़रीब से कवर करना शुरू कर दिया। क्योंकि उस समय राजनीति का बुख़ार पूरे शहर में फैला हुआ था।

एक दिन मैं मशहूर नेता आदर्श भल्ला के घर इंटरव्यू लेने पहुँची। गेट पर पहले से ही देश के बड़े-बड़े चैनलों के पत्रकार कतार में खड़े थे, हर कोई उनकी एक बाइट लेने के लिए बेचैन था। मैं भी भीड़ में खड़ी होकर अपनी बारी का इंतज़ार करती रही।

इसी बीच आदर्श भल्ला अपने दफ़्तर से निकलकर तेज़ी से कार की ओर बढ़े। पलक झपकते ही दर्जनों पत्रकार माइक लेकर उनके पीछे भागे उनमें मैं भी थी। लेकिन तभी उन्होंने अपनी सेक्रेटरी से इशारा किया और बिना कुछ बोले वहाँ से चले गए। निराश तो हुई आया हुआ एक मौका हाथ से चला गया। अब बॉस को जाकर क्या बोलूं। बांकी पत्रकार तो वहाँ से चले गए। मैं कुछ देर तक ऐसे ही सोचते हुए खड़ी रही।

तभी पीछे से एक आदमी आया, मुझसे कहता है; आपको भल्ला जी से मिलना है ?

मैंने पीछे पलटते हुए उससे कहा; हाँ, क्यों नहीं, इसी लिए तो आई हूँ। उसने कहा ठीक है, कल आप इसी समय पर आइए। इतना कहा और अंदर चला गया। मैंने भी सोचा शायद ये आदमी इन्हीं के ऑफिस में काम करता है। मन में घबराहट तो थी, उम्मीद भी थी अगर भल्ला का एक्सक्लूसिव वन टू वन इंटरव्यू मिल गया तो स्टार बन जाउंगी ,लोग मुझे जानने लगेंगे।

अगले दिन जैसे ही मैं भल्ला के ऑफिस पहुँची वो आदमी मुझे बाहर ही मिल गया। जैसे मेरे ही आने की राह देख रहा हो। सीधा मुझे आदर्श भल्ला के केबिन में भेज दिया। मैं डरते हुए उसके केबिन में दाखिल हुई ,भल्ला ने नज़रें उठाईं ऊपर से नीचे तक एक अजीब-सी निगाहों से मुझे परखने लगा।

भल्ला (मुस्कुराते हुए): "चिंता मत करो... तुम्हें अभी बहुत दूर तक जाना है, तुम्हारे ही जैसे लोगों की देश को ज़रूरत है।"

यह कहते हुए उसने बगल वाली कुर्सी की ओर बैठने का इशारा किया। मुझे लगा मानो मेरे करियर का दरवाज़ा खुल गया है। इतने बड़े नेता का समर्थन मिलना, शायद यही मेरी मंज़िल की पहली सीढ़ी हो सकती है। मेरे मन में एक अजीब सी हलचल थी। मैं बहुत उत्साहित थी कि मुझे इतने बड़े नेता से सीधे बात करने का मौक़ा मिल रहा है, लेकिन अंदर

ही अंदर मुझे कुछ अजीब भी लग रहा था। वो मुझे किसी और ही नज़र से देख रहा था। उसने मुझे अपने साथ काम करने का ऑफर दिया। मैं बहुत ख़ुश थी। मुझे लगा कि मेरा सपना सच हो रहा है। लेकिन जल्द ही मुझे एहसास हो गया कि वो मुझे सिर्फ झांसा दे रहा है। मेरा काम बस उनकी पार्टियों में जाना, मेहमानों से मिलना। एक तरह से मैं उसकी सेकेट्री बन गई थी। जिस सपने को लेकर मैं हिमाचल से दिल्ली आई थी, धीरे-धीरे मुझसे दूर होता जा रहा था।

एक दिन मैंने हिम्मत करके भल्ला से पूछा; सर, मुझे बस एक मौका चाहिए। मैं रिपोर्टर बनना चाहती हूँ, किसी बड़े न्यूज़ चैनल में काम करना चाहती हूँ। भल्ला ने कहा मेरे रहते तुम किसी चैनल में छोटी-सी नौकरी करोगी ? ये कितनी शर्म की बात होगी! तुम्हारे लिए मैं खुद एक चैनल खड़ा कर सकता हूँ। शुरुआत मुझसे ही होगी, मेरा इंटरव्यू लो।

एक आलीशान होटल में इंटरव्यू के लिए रूम बुक कराया, पता और समय मुझे थमा दिया गया। शाम ढलते ही मैं उस होटल के कमरे में पहुँची। लेकिन वहाँ न कोई कैमरा था, न कैमरामैन सिर्फ़ भल्ला वहां था। उसने मुझे बैठाया और इधर -उधर की बातें करने लगा। मैंने झिझकते हुए कई बार पूछा;सर क्या हम इंटरव्यू शुरू करें?

भल्ला ने ये कह कर टाल दिया; इंटरव्यू तो हो ही जाएगा, पहले थोड़ा एक-दूसरे को समझें... करीब आएँ।

चाय का प्याला मेरी ओर बढ़ा दिया। शायद उसमें कुछ मिला हुआ था। कुछ ही देर बाद मेरे शरीर पर एक अजीब-सी गर्म लहर दौड़ने लगी। मेरी चेतना धुंधली पड़ रही थी। मैं उसके कहे हर शब्द को बिना विरोध किए मानने लगी। उस रात उसने सब कुछ किया... सब कुछ, जो वो चाहता था। सुबह जब मेरी आँख खुली तो कमरे में सन्नाटा था। आदर्श भल्ला वहां नहीं था।

इतना कहते-कहते नम्रता की आँखों से आँसू छलक आए। उसकी आवाज़ धीमी पड़ गई, मानो शब्द गले में अटक गए हों। पास ही बैठे अभिमन्यु ने बिना कुछ कहे उसका हाथ थाम लिया। उसकी हथेली की हल्की-सी पकड़ ने जैसे उसे यह अहसास दिलाया कि वह अकेली नहीं है।

नम्रता ने अपनी कहानी जारी रखी...

मैं जल्दी से अपने कपड़े ठीक कर बाहर आई। रिसेप्शन पर मौजूद मैनेजर ने एक लिफ़ाफ़ा मेरी ओर बढ़ाया। मैंने उसे खोलकर देखा, तो उसमें एक चाबी थी और एक नोट। उस नोट में लिखा था कि 'ऐसे ही मन लगाकर काम करती रहो, आगे और भी बहुत से सरप्राइज है। मुझे एहसास हो गया था कि मुझे मेरे काम का भुगतान मिल गया है। मुझे बहुत गुस्सा आया, मैंने मन ही मन ठान लिया कि इसे तो मैं ऐसे ही नहीं छोडूंगी।

होटल से बाहर निकलते ही एक आदमी ने मुझे कार की चाबी देते हुए कहा; भल्ला सर ने यह चाबी आपको देने को कहा है। कुछ देर बाद मैं अपने नए फ़्लैट से ऑफ़िस के लिए निकलने ही वाली थी कि एक बड़े न्यूज़ चैनल से कॉल आया। सिद्धार्थ कपूर ने मुझे दफ़्तर में मिलने के लिए बुलाया था। मैंने सोचा कि यह इंटरव्यू के लिए होगा, मैं अपना बायोडाटा लेकर पहुँच गई।

जैसे ही मैं उनके केबिन में पहुँची, वहाँ दो आदमी पहले से ही बैठे थे। मुझे देखते ही दोनों अपनी-अपनी कुर्सी से उठ खड़े हुए और उन्होंने मुझे बैठने के लिए कहा। फिर उन्होंने मुझे चाय और कॉफ़ी ऑफ़र की। सिद्धार्थ कपूर ने धीरे से मेरी तरफ कुछ तस्वीरें बढ़ाईं, आदर्श भल्ला के साथ नशे की हालत में खींची गई थीं। उन तस्वीरों को देखकर मैं पूरी तरह से ब्लैंक हो गई। उस समय मुझे कुछ समझ नहीं पड़ रहा था।

सिद्धार्थ कपूर (मुसकुराते हुए): "भल्ला को तुम बहुत पसंद आ गई। लड़कियों की कोई कमी नहीं है, लेकिन तुम्हारी सादगी ने उनका दिल जीत लिया। इस मौक़े का फ़ायदा उठाओ, बाकी सब कुछ मुझ पर छोड़ दो।"

लाखो का पैकेज ,बड़े चैनल में बड़ी पोस्ट, नाम, सोहरत, पैसा सब कुछ मेरे सामने था।

दूसरी तरफ अनचाहा डर, अगर मैं इतने पॉवरफुल लोगों के खिलाफ गई, मेरे साथ कुछ भी हो सकता था।

ना चाहते हुए भी वो सब करने को मजबूर थी जो वो चाहते थे। लेकिन ये सिलसिला यहीं नहीं थमा। भल्ला जब भी चाहता, मेरे फ़्लैट पर आ जाता। ऐसे ही सालों तक चलता रहा। इससे बाहर निकलने की बहुत कोशिश की, लेकिन कोई रास्ता नहीं सूझ रहा था। मैं अब उसकी रखैल बन चुकी थी। मुझे खुद से घिन आने लगी थी।

ये कहते-कहते नम्रता की आवाज में दृढ़ता के भाव आ गए, अभिमन्यु की तरफ देखते हुए कहा। भल्ला उस दिन नशे की हालत में लड़खड़ाते क़दमों से मेरे फ़्लैट पर आया। मैंने सोचा इज़्ज़त तो उसकी भी है, मैं भी वैसा ही करूँ। इसे मार दूँ और जेल चली जाऊँ या इसकी सच्चाई दुनिया के सामने लाऊँ। और तभी मैंने तय कर लिया। कमरे में मैंने हिडन कैमरा प्लांट कर दिया। उसकी सारी करतूतों को कैमरा में रिकॉर्ड कर लिया।

“चुनौतियाँ हमेशा हमें बेहतर बनाती हैं। तुमने बहुत हिम्मत दिखाई। दूसरा कोई होता तो शायद सुसाइड कर लेता या सब कुछ छोड़ कर कहीं दूर चला गया होता ।” :अभिमन्यु ने नम्रता की आँखों से बहते आँसू पोंछते हुए धीमे स्वर में कहा।

नम्रता (धीमी, टूटी हुई आवाज़ में): "मैंने वो वीडियो लीक तो नहीं किया। लेकिन उससे मुझे उस सैतान से छुटकारा मिल गया। दुनिया को कुछ भी दिखाऊँ, कैसे भी रहूँ, ये घाव अंदर ही अंदर रिसते रहते हैं। मुझे ख़ुद से ही नफ़रत होने लगी है।"

अभिमन्यु: "कभी-कभी जिंदगी हमसे बहुत कुछ ले लेती है, बहुत कुछ देने के लिए।" अभिमन्यु ने प्यार से नम्रता का हाथ थामा। नम्रता की उँगलियों में अजीब सा कंपन हो रहा था। अभिमन्यु उसकी काँपती उँगलियों पर अपनी उंगलियाँ कस दीं। अभिमन्यु की तरफ से आश्वस्ति थी, मानो वह सिर्फ़ दिलासा नहीं दे रहा, बल्कि वादा कर रहा हो जिंदगी के हर मोड़ पे वह उसका साथ देगा। नम्रता को जैसे उसके मन की मुराद पूरी हो गई हो। उसने अभिमन्यु की आँखों में ख़ुद को तलाशने लगी। दोनों की दिल की धड़कनें तेज़ हो गईं। कुछ देर तक दोनों ख़ामोशी से एक दूसरे को देखते रहे। अभिमन्यु ने प्यार से नम्रता के हाथों को सहलाते हुए उसकी आँखों में देखता है जैसे अनकहे शब्दों में अपने प्यार का इजहार कर रहा हो।

नम्रता: “मुझे नहीं पता ऐसा क्यों, मगर जब भी तुम्हारे साथ होती हूँ, वो सब भूल जाती हूँ।”

नम्रता ने अपनी आँखों में कुछ अनकहा दर्द लिए कहा।

अभिमन्यु: " ज़िंदगी दर्द है, तो दर्द भी सहेंगे, एक दूसरे का ग़म बाँटते हुए चलेंगे।"

ये कहते हुए अभिमन्यु की आँखों में सुकून और दृढ़ता की झलक थी। जैसे ही नम्रता कुछ कहने लगी, अभिमन्यु उसके होंठों पर उंगली रखते हुए।

अभिमन्यु: "बस अब कुछ मत कहो।"

उस तूफ़ानी बारिश की रात में दोनों एक दूसरे में सामने लगे। बाहर तूफ़ान और बारिश थी, लेकिन उनके दिलों में बस मोहब्बत की बारिश हो रही थी। मानो सब कुछ थम सा गया हो। दोनों एक-दूसरे में सिमटते जा रहे थे। बरसों से सूखी पड़ी धरती पर बारिश के आने से मुरझाए फूल खिल उठे थे। उनके रोम -रोम में एक नई ज़िंदगी का एहसास होने लगा। वे एक-दूसरे के आग़ोश में समाने को बेताब थे।

तभी दरवाज़े पर किसी की दस्तक हुई।

नम्रता जैसे किसी गहरे ख़्वाब से जगी हड़बड़ाते हुए खुद को अभिमन्यु से अलग करती है।

नम्रता: "कौन है?"

बाहर से आवाज़ आई: "मैं हूँ मंसुख।"

दोनों जल्दी से अपने कपड़े ठीक करने लगे। अभिमन्यु ने पसीना पोंछते हुए दरवाज़ा खोला।

मंसुख,अभिमन्यु की तरफ देख कर मुस्कुराता है।

मंसुख: "मैं बाद में आ जाता हूँ।"

नम्रता (अपना गाला ठीक करते हुए): "क्या बात है ?"

मंसुख: "मैडम जी मुझे घर जाना है, बस्ती में पानी बड़ी तेजी से बढ़ रहा है। "

नम्रता (हाँ में सर हिलाते हुए): "बिलकुल जाओ, कोई प्रॉब्लम होगी तो बताना।"

मंसुख वहाँ से चला गया। अभिमन्यु भी जाने के लिए जैसे ही उठता है।

नम्रता: "आप कहाँ चल दिए सरकार ?"

नम्रता मदहोशी से कसमसाते हुए बोली।

अभिमन्यु: "और कहाँ घर ही जाऊंगा।"

नम्रता मुस्कुराते हुए चाय के प्याले की तरफ देखती है।

नम्रता: "चाय तो ठंडी हो गई, कहो तो फिर गर्म कर दूँ।"

अभिमन्यु, नम्रता की दोअर्थी बातें सुनकर झेप गया। उसे उस समय वहाँ से जाना ही ठीक लगा।

***

40-

विनीता और विवान के बीच नज़दीकियाँ लगातार बढ़ती जा रही थीं। विवान की पर्सनालिटी, चकाचौंध से भरी फिल्मी दुनिया का प्रभाव विनीता के दिलो-दिमाग पे पूरी तरह से हावी हो चुका था। विवान का चार्म, उसका आत्मविश्वास और हर अदा में दिखने वाला अनोखा स्टाइल विनीता जब भी उसे देखती उसे लगता बस देखती रहे। विवान लोगों से तुरंत घुल-मिल जाता।

हर किसी के साथ सहजता से बातचीत करना, सादगी से अपना बना लेने की कला उसका सबसे बड़ा हथियार था। यही अंदाज़ धीरे-धीरे विनीता को भी बेहद भाने लगा। विनीता अब उस पर पूरी तरह भरोसा करने लगी थी।

एक दिन विवान ने एक पॉश होटल में पार्टी रखी। जिसमें उसके कुछ खास दोस्त और उनके पार्टनर मौजूद थे। विनीता भी विवान के साथ स्टाइलिश टॉप और शॉर्ट्स में वहाँ पहुँची। शराब और नशे में धुत लोग, माहौल में अजीब-सा खुलापन था। विनीता अपनी ड्रेस में असहज महसूस कर रही थी। वह बार-बार अपने कपड़ों को नीचे खींचती, लेकिन मन के भीतर घबराहट धीरे-धीरे उसे बेचैन कर रही थी। तभी विवान, विनीता को अपने पास खींचते हुए मुस्कुराते हुए।

विवान: “इतने खूबसूरत जिस्म को ढकने की नहीं, बल्कि दिखाने की ज़रूरत है।”

विवान जैसे ही विनीता से चिपकने लगा, विनीता पूरी ताकत से उसे धकेलते हुए।

विनीता: “व्हाट दा हेल आर यू डूइंग ?”

(तुम कर क्या रहे हो ?)

विनिता की आँखों में डर और घबराहट थी।

विवान (विनीता पर गुस्सा दिखाते हुए): "तुम्हारी प्रॉब्लम क्या है? तुम मेरी गर्लफ्रेंड हो। देखो कैसे सब एन्जॉय कर रहे हैं।"

विनिता (चिल्लाते हुए): "तो मुझे यहाँ इसीलिए लाए हो?"

विवान नशे में धुत था उसे कुछ समझ नहीं आ रहा था। विनीता को अपनी तरफ खींचने लगा। विनिता पूरी ताक़त से चिल्लाती है।

विनीता: "छोड़ो मुझे!"

विवान के दोस्त विनीता की इस हालत पर हँसने लगे। तभी एक लड़के ने विवान को रोका और उसके कान में कुछ कहा: "CM की बेटी है। अगर कुछ ग़लत हुआ, लेने के देने पड़ जाएँगे।"

विवान, विनीता को शांत करने की कोशिश करने लगा।

विवान: "कम ऑन, चिल। वो तो बस मज़ाक था।"

विनीता का हाथ पकड़ते हुए फिर कहा: "चलो, मैं तुम्हें घर छोड़ देता हूँ, ये सिर्फ़ एक मज़ाक था, और कुछ नहीं।"

विनीता के सामने विवान का असली रूप सामने आ चूका था। गुस्से में विवान का हाथ झटकते हुए बिना कुछ कहे वहाँ से चली गई। उसने अगले कुछ दिनों तक विवान से कोई संपर्क नहीं किया। विवान ने सोचा कि मामला अब शांत हो गया है। विनिता को मनाने की फिर से कोशिश करने लगा। उसने लगातार कॉल और मैसेज किए, लेकिन विनीता ने कोई जवाब नहीं दिया। आखिर में सारी बात उसने अपने पिता शरद कौशिक को बताई।

शरद कौशिक: "वो लड़की ऐसे हाथ नहीं आने वाली, तुमने सारा खेल बिगाड़ दिया।"

विवान (हैरान होकर): "क्यों?"

शरद कौशिक ने एक गहरी साँस ली।

शरद कौशिक (कुढ़ते हुए): "अभिमन्यु नाम के लड़के के साथ है। वही लड़का जिसने हमारी फ़ैक्ट्री जलवाई, हम पर केस भी करवाया। साला हमारी कुंडली में आकर बैठ गया।"

विवान: "ओह! मैं समझा। उसे रास्ते से हटाना होगा।"

शरद कौशिक (ताना मारते हुए): "इतने ही होशियार होते, तो अपना बिज़नेस संभाल लेते, यूँ इधर-उधर हीरोगिरी न करते।"

विवान (खीझते हुए): "मुझे क्या करना चाहिए, डैड? यह मेरी ज़िंदगी है, कोई बिज़नेस डील नहीं।"

शरद कौशिक रहस्यमई निगाहों से विवान की आँखों में देखता है।

शरद कौशिक: "तुम अब कुछ मत करना। जो करूँगा... मैं करूँगा।"

***

41-

दिनभर चैटरबॉक्स की तरह बात करने वाली विनीता अब उदास रहने लगी थी कोई कुछ बोलता कुछ कहता बस हां ना में जवाब देती...उधर सोशल मीडिया में विनीता के विवान को थप्पड़ मरते हुए हुए कुछ तस्वीर वायरल हो रही थी। उस पार्टी में विवान के ही कुछ दोस्तों ने मीडिया में पैसों के लिए ये खबर लीक करवा दिया था। वीरेंद्र कुमार भी इससे बहुत अपसेट थे। एक दिन जयंत और अभिमन्यु अपने एक पुराने केस के सिलसिले में कोर्ट पहुँचे। वहाँ विनीता भी उसे दिख गई, अभिमन्यु, विनीता को देख कर नजरे चुराने लगा। उसने ऐसा दिखावा किया जैसे उसने उसे देखा ही नहीं वहाँ से जाने लगा। विनीता, अभिमन्यु को पीछे से आवाज लगाती है ,अभिमन्यु ने अनसुना कर दिया।

विनीता सामने से अभिमन्यु को रोकते हुए।

विनीता: "तो तुम भी अफवाहों पे यकीन करने लगे ?"

अभिमन्यु (बेमन से): "खुद को इतना मसरूफ कर लिया है की अब किसी चीज का फर्क नहीं पड़ता। "

विनीता (सीधा-सपाट लहजे में): "मीन्स ?"

अभिमन्यु: "तुम्हारी जिंदगी है, मुझे क्या फर्क पड़ता है !"

अभिमन्यु, विनीता की आँखों में देखते हुए ,दृढ स्वर में कह कर वहां से जाने लगता है। विनीता ने अभिमन्यु को रोकने की कोशिश की लेकिन वह नहीं रुकता। उस दिन के बाद अभिमन्यु की विनीता से कभी मुलाक़ात नहीं हुई।अभिमन्यु ने वीरेंद्र कुमार से भी दूरी बनाना शुरू कर दिया था, ज्यादातर समय अपने एन जी ओ के काम में ही लगा रहता। वीरेंद्र कुमार ने कई बार बुलावाया भी अभिमन्यु कोई ना कोई बहाना बनाकर टाल देता। उसने सोच लिया था कि राजनीति में कोई सही आदमी फ़िट नहीं हो सकता, धीरे से अब उस लाइन से हटना चाहता था।

उधर विनीता भी अभिमन्यु के जाने के बाद से परेशान थीं। एक दिन घर पे ही वीरेंद्र कुमार, शालनी और विनीता शाम को डायनिंग टेबल पे साथ खाना खा रहे थे। विनीता उदास थी, शालनी कुछ समझा रही थी।

विनीता: "माँ! प्यार मज़ाक नहीं होता। यह एक एहसास है और मैं..."

शालनी: "आजकल के बच्चे? प्यार और ब्रेकअप खेल हो गया है।"

वीरेंद्र कुमार (मज़ाकिया लहजे में): "कोई बात नहीं, अपनी बेटी के लिए दूसरा खिलौना ला देंगे।" विवान और विनीता के बीच क्या चल रहा है, वो भी उससे अनजान नहीं थे,चाहतें

तो वीरेंद्र कुमार की भी थी, विनीता की शादी विवान से हो जाए। लेकिन विनीता समझ चुकी थी, ये सिर्फ नफा और नुकसान का एक जाल है। विवान की तरफ देखना भी नहीं चाहती थी। विनीता को अब प्यार का असली मतलब समझ आने लगा था। प्यार पैसा और पावर से नहीं खरीदा जा सकता, अगर खरीदा जा सकता तो हर अमीर आदमी सुखी जीवन व्यतीत करता।ईश्वर की माया बड़ी प्रबल है। कभी गरीब की गरीबी भी उसे सुख दे जाती है और अमीर की अमीरी उसके दुख का कारण बन जाती है। वह ना चाहते हुए भी स्वयं से दूर भौतिकतावादी और विलासिता की वस्तु बनकर रह जाता है।

अमीर आदमी का वैवाहिक जीवन सबसे ज़्यादा उतार-चढ़ाव भरा होता है। ऐसा भी नहीं है कि रिश्ता सिर्फ़ गरीब आदमी ही निभा सकता है। भावनात्मक एहसास से इतर कहीं मजबूरी भी होती है। गरीब आदमी कभी-कभी चाहकर भी अलग नहीं हो पाता। अमीर आदमी को इस मामले में स्वतंत्रता है। उसके पास सुविधाओं का अभाव नहीं होता, जिससे उसे मजबूरी का एहसास नहीं होता। थोड़ी-सी भी प्रतिकूलता में वह विचलित हो जाता है और सुख की ओर बेतरतीब भागना चाहता है।

अमीर होना गुनाह नहीं। गरीब तो गरीबी के बोझ तले ही दबकर मर जाता है, वह ज़िंदगी को कभी जी ही नहीं पाता। खैर, इंसान कैसा भी हो, किसी भी स्थिति में उसे परिस्थिति

का ग़ुलाम नहीं होना चाहिए। उसे जीना चाहिए तन से, मन से, आत्मा से तीनों के ही एकीकृत भाव से। इसे विकल्पहीन सत्य के रूप में भी देखा जा सकता है। यह तभी पूर्ण और वास्तविक होता है जब मनुष्य उसे अपनाने में किसी अन्य विकल्प की तलाश ही न करे।

इसी उधेड़बुन विचारों में खोई विनीता ने अभिमन्यु को मैसेज किया; 'मुझे तुमसे मिलना है।' लेकिन उधर से उसे कोई जवाब नहीं मिला।

***

42-

विनीता के मन में अभिमन्यु से मिलने की बेचैनी बढ़ती जा रही थी। वह अपने घर से निकली और सीधा अभिमन्यु के फ़्लैट पर पहुँचीं। रात के 8 बज रहे थे, जैसे ही उसने दरवाज़े पर दस्तक दी। अंदर से उसे एक औरत की आवाज़ सुनाई पड़ी। नम्रता और अभिमन्यु आपस में बातें कर रहे थे।

विनीता का मन हुआ कि वह वापस लौट जाए, लेकिन फिर उसने सोचा देखना चाहिए अंदर कौन है। विनीता ने दरवाज़े पर नॉक किया। अभिमन्यु ने जैसे ही दरवाज़ा खोला, विनीता को देख कर हैरान रह गया। विनीता की नजर नम्रता से टकराई। एक अजीब- सी परिस्थिति दोनों के सामने थी। दोनों को ही समझ नहीं आ रहा था, कि एक दूसरे को देख कर कैसे रियेक्ट करें। फिर भी दोनों ने मुस्कुराकर एक-दूसरे से हाय-हेलो किया।अभिमन्यु ने विनीता को अंदर आने का इशारा किया।

विनिता, अभिमन्यु से बाहर आने को कहती है, दोनों बालकनी की तरफ चले गए।

विनिता: “इतनी जल्दी पाला बदल दिया?”

अभिमन्यु: “ कुछ समझा नहीं?”

विनिता: “मैं सीरियस हूँ।”

अभिमन्यु: “अच्छी बात है।”

विनिता: “हाँ, मानती हूँ कि ये मेरी ही गलती थी।”

अभिमन्यु: “नम्रता और मैं एक सीरियस रिलेशनशिप में हैं।”

ये कहते हुए अभिमन्यु का लहजा सीधा और सपाट था। यह सुनकर विनीता का चेहरा मुरझा-सा गया। अभिमन्यु के चेहरे कि तरफ देखते हुए समझ गई, अब कुछ बोलने से कोई फायदा नहीं। बिना कुछ बोले भारी मन से वहाँ से लौटने लगी। समय के साथ नम्रता और अभिमन्यु के बीच बढ़ते प्यार को देखकर उसके दिल में नफ़रत और गहरी होती चली गई।

***

43-

नम्रता, शरद कौशिक और भल्ला के गुनाहों की पोल खोलने में लगी हुई थीं। फ़र्ज़ी कॉरपोरेट कंपनियों, हवाला और टेंडर के ज़रिए शेयर बाज़ार में चल रहे घोटालों का ख़ुलासा किया। इस ख़बर से बाज़ार में हड़कंप मच गया कौशिक कारपोरेशन के शेयर तेजी से गिरने लगे। वीरेंद्र कुमार पर इन मामलों की जाँच के लिए दबाव बढ़ता जा रहा था। जाँच में कई नेताओं की बेनामी संपत्तियाँ ज़ब्त कर ली गईं, जो इनके सहयोगी थे।

एक तरफ उनका लाभ तो दूसरी तरफ जनता का लाभ। दोनों को ही साधना राजनीति में जरुरी होता है। वीरेंद्र कुमार ने बीच का रास्ता निकाल लिया था। वीरेंद्र कुमार एक तरह से लीपा -पोती में लगे थे, सांप भी मर जाए और लाठी भी ना टूटे। ईमानदार मुख्यमंत्री कि छवि भी बनी रहे और उनके अपने लोग भी बच जाए। चुनाव के वक़्त जिन बड़े-बड़े उद्‌योगपतियों ने किनारा कर लिया था, उन्हें भी लपेटे में लिया।

मीडिया और आम जनता को भी जिन घोटालों के बारे में नहीं पता था जो पिछली सरकारों में हुए थे। ऐसे -ऐसे खुलासे होने लगे। उधर कुछ बड़े प्रिंट और इलेक्ट्रॉनिक मीडिया को अपने पक्ष में हाइप बनाने में लगा दिया।

स्वराज पार्टी की छवि जनता के बीच लगातार गिरती जा रही थी। वीरेंद्र कुमार की छवि राष्ट्रीय स्तर पर उभर कर सामने आने लगी।

***

44-

अभिमन्यु जितना विनीता से दूरी बनाने की कोशिश करता, विनीता उतनी ही करीब आने को बेचैन हो रही थी। औरत के प्यार की यही अजीब-सी ख़ूबसूरती होती है,वह जितना पास आती है, उतना ही डर होता है कि कहीं खो न जाए। और जब दूर होती है तो दिल उसे और पास खींचना चाहता है। अचानक से किसी जरुरी काम के सिलसिले में अभिमन्यु, वीरेंद्र कुमार के घर पहुंचा। किसी बस्ती में लैंड क्लेअरनेस का मामला था, उसमें वीरेंद्र कुमार के दस्तखत उसे चाहिए थे। दोनों आपस में बातें कर रहे थे ,तभी विनिता धीरे-धीरे कमरे में दाख़िल हुई। उसके हाथ में चाय का ट्रे था। विनीता ने कप सामने रखा और बिना कुछ कहे बड़े प्यार से अभिमन्यु की चाय में चीनी घोलने लगी।

अभिमन्यु: “मैं ले लूँगा।”

विनिता: “मैं दे रही हूँ।”

अभिमन्यु: “मैंने कहा ना, मैं ख़ुद ले लूँगा।”

अभिमन्यु ने झुंझलाते हुए कहा। वीरेंद्र कुमार को उनकी नोक-झोंक थोड़ा अजीब लगा।

वीरेंद्र कुमार: “ले लो, जब दे रही है...”

इतने में विनीता के हाथ से कप अचानक छूटकर अभिमन्यु के ऊपर गिर गया। गर्म चाय अभिमन्यु की पैंट पर बिखर गई।

विनीता (हड़बड़ाकर): "ओह माय गॉड! ये... ये क्या हो गया? अब क्या करूँ?" उसकी आवाज़ काँप रही थी, बनावटी डर दिखाने की कोशिश करते हुए मानो उससे कितनी बड़ी भूल हो गई।

अभिमन्यु (बुझे स्वर में): "कोई बात नहीं।"

जैसे ही अभिमन्यु बाथरूम में पहुँचा, पीछे-पीछे विनीता भी वहाँ आ गई। उसने अचानक से अभिमन्यु का हाथ पकड़कर अपनी ओर खींच लिया। उसकी आँखों में गुस्सा और बेबसी दोनों झलक रहे थे। वह काँपती आवाज़ में।

विनीता: "तुम मेरे साथ ऐसा नहीं कर सकते, अभिमन्यु।"

अभिमन्यु: "यहाँ से जाओ, विनिता।"

कमरे में तनाव की चुप्पी छा गई। विनीता पास आकर लगभग चीखते हुए।

विनीता: "आख़िर उसमें ऐसा क्या है... जो मुझमें नहीं है?"

दोनों की आँखें एक पल को मिलीं विनीता को लगा जैसे उसकी पूरी दुनिया उसी नज़र में समा गई हो। अभिमन्यु जैसे मंत्रमुग्ध-सा हो गया हो, किसी बुत की तरह बस उसे

घूरे जा रहा था, विनीता हलके हाथों से उसके बाल सहलाने लगी। विनीता ने आखिरी शब्द जो बोला था, उसकी गूंज लगभग वीरेंद्र कुमार के कानों पे पड़ी, बाथरूम की तरफ बढ़े बाहर से ही आवाज देते हुए।

वीरेंद्र कुमार: "क्या हुआ ?"

अभिमन्यु ने बिना एक पल और गँवाए दरवाज़ा खोला और बाहर निकल गया। वीरेंद्र कुमार को बाहर देखकर।

अभिमन्यु: "वो बस फ़ोन पे बात कर रहा था।"

विनीता के हाथ में अभिमन्यु के कुछ बाल थे, तकरीबन जाते-जाते उसने खींच से लिए थे। उसके बालों को सहलाते हुए मन ही मन मुस्कुराती है।

***

45-

उस दिन के बाद से विनीता काफ़ी अपसेट रहने लगी थी। वीरेंद्र कुमार ने सोचा अगर विनीता, अभिमन्यु को पसंद करती है तो इसमें कोई बुराई नहीं है। लड़का ईमानदार और वफ़ादार है, अमूमन राजनीति में ऐसा होना दुर्लभ ही होता है। उन्होंने निश्चय किया कि वे खुद ही इस मामले में अभिमन्यु से बात करेंगे। एक दिन पार्टी दफ़्तर में वीरेंद्र कुमार ने अभिमन्यु को मिलने के लिए बुलाया।

अभिमन्यु ने सोचा शायद किसी काम के सिलसिले में बुलाया होगा। जैसे ही वह वीरेंद्र कुमार के क़ैबिन में पहुँचा। वीरेंद्र कुमार थोड़ा झिझकते हुए, गंभीर लहज़े में।

वीरेंद्र कुमार: “कुछ पर्सनल बात है।”

अभिमन्यु: “कहिए सर।”

वीरेंद्र कुमार (संकोच में, शब्द चुनते हुए): “भाई मेरी तरफ से ऐसी कोई प्रॉब्लम नहीं है।”

अभिमन्यु जैसे पहले ही भाँप गया कि वे आगे क्या कहने वाले हैं।

अभिमन्यु (बीच में रोकते हुए, सीधे स्वर में): “नो सर... ऐसा कुछ नहीं।”

वीरेंद्र कुमार भी कमज़ोर खिलाड़ी नहीं थे। वे तुरंत समझ गए की यहाँ प्यार एकतरफ़ा है।

वीरेंद्र कुमार (साफ़गोई से, समझाते हुए): "देखो अभिमन्यु, अगर तुम और विनीता समझ रहे हो ना? आगे तुम्हें ही यह सब संभालना है।"

वीरेंद्र कुमार ने ऐसा पाँसा फेंक दिया कि अभिमन्यु से ना तो हाँ करते बन रही थी और न ही ना। वह अजीब-सी दुविधा में फँस गया। उसके दिमाग में अचानक नम्रता का ख़याल कौंधा नम्रता तो अब मुझ पर पूरी तरह निर्भर हो चुकी है। यहाँ तक कि वो शादी के सपने भी सँजोने लगी है। बस शादी किस दिन होनी है, यही घोषणा होना बाकी था। वीरेंद्र कुमार हल्की मुस्कान के साथ, माहौल को सहज बनाते हुए।

वीरेंद्र कुमार: "यू टेक योर टाइम, इतनी भी कोई जल्दी नहीं है।"

अभिमन्यु अचानक से कुर्सी से खड़ा हो गया संभलते हुए।

अभिमन्यु: "अब मुझे चलना चाहिए।"

इतना कहकर वह तेज़ी से वहाँ से निकल गया। वीरेंद्र कुमार घर पहुँचे तो देखा विनीता उदास और बुझी-बुझी-सी अपने कमरे में बैठी थी। वीरेंद्र कुमार उसके पास जाकर उसके सिर पर हाथ फेरते हैं।

वीरेंद्र कुमार: “मैंने अभिमन्यु से बात की है मान जाएगा... और अगर न माने, तो हमें अपनी बात मनवाना भी आता है।”

विनीता का चेहरा ख़ुशी से खिल उठा। विनीता झटके से उठकर, भावुक होकर वीरेंद्र कुमार के गले लग जाती है।

विनीता: “Love you, Pop!”

वीरेंद्र कुमार: “क्या बात है... आज ‘पापा’ से ‘पॉप’ बन गया?”

ये कहते हुए वीरेंद्र कुमार के चेहरे पे शरारत भरी मुस्कान थी।

विनीता (शर्माते हुए, मुस्कराकर):“आप भी ना...”

वीरेंद्र कुमार ने विनीता के गालों को अपने हाथों में भर लिया। एक बेटी का पिता अपनी बच्ची को हर वो खुशियाँ देना चाहता है जो वो चाहती थी। वीरेंद्र कुमार कुछ पल के लिए भावुक और आत्मविभोर हो गए।

वीरेंद्र कुमार: “तुम्हारे लिए कुछ भी कर सकता हूँ... कुछ भी, मतलब कुछ भी, खैर वो नौबत कभी न आए।”

***

46-

केंद्र सरकार का शिकंजा धीरे-धीरे वीरेंद्र कुमार पर लगातार कसता जा रहा था। उनकी सारी योजनाएँ, जो केंद्र सरकार से होकर गुज़रती थीं, उन पर रोक लगा दी गई थी। शिकंजा जितना कस रहा था, वीरेंद्र कुमार की महत्वाकांक्षा भी उतनी ही तेज़ी से बढ़ रही थी।

वे अपनी पार्टी का विस्तार करना चाहते थे जिसके लिए उन्हें भारी जन, धन और बल की आवश्यकता थी। यह आवश्यकता सिर्फ़ कॉर्पोरेट ही पूरी कर सकते थे। लेकिन कॉर्पोरेट जो उन पर पैसा लगाएगा, बदले में सरकार से बहुत कुछ चाहेगा। वीरेंद्र कुमार ये बात भली-भाँति जानते थे।

सत्ता स्थाई नहीं होती। यदि देश के संसाधनों पर कुछ प्रतिशत स्वामित्व कॉर्पोरेट को जाता भी है, तो इसे जनता की भलाई के रूप में प्रस्तुत किया जा सकता है। उन्होंने शरद कौशिक से डील कर ली। भल्ला का मामला भी रफ़ा-दफ़ा कर दिया। इन सबके बदले वीरेंद्र कुमार ने अरबो रुपए दबा लिए। जिस स्पीड से वे आगे बढ़े और जिस स्पीड से बदल गए वह अभिमन्यु के लिए किसी सदमे से कम नहीं था।

अभिमन्यु के लिए यह असहनीय था जिनके ख़िलाफ़ वह लड़ रहा था, उन्हीं के साथ वीरेंद्र कुमार ने सहभागिता कर ली। अभिमन्यु ने पार्टी छोड़ने का निश्चय कर लिया।

अब उसकी राहें पूरी तरह वीरेंद्र कुमार से अलग हो चुकी थीं। जिस वीरेंद्र कुमार की वह कभी तारीफ़ों के पुल बाँधता था, अब उन्हीं की मुख़ालफ़त खुलकर मीडिया में करने लगा।

***

47-

उधर विनीता भी अपने पिता वीरेंद्र कुमार से नाराज़ थी। एक दिन दोनों के बीच तीखी नोक-झोंक हो गई।

विनीता (भड़कते हुए ऊँची आवाज में): “आप कहते कुछ हैं और करते कुछ और!”

वीरेंद्र कुमार (शांत लेकिन ठंडे लहज़े में): “बेटा, ये राजनीति है... यहाँ कोई काम सीधे तरीक़े से नहीं होता।”

विनीता (आँखों में आँसू छलक आए): “आपकी राजनीति के चक्कर में मेरी लाइफ़ तो फँस गई!”

वीरेंद्र कुमार: “इट्स ओके ... कूल डाउन चीज़ें धीरे-धीरे वर्क आउट करती हैं।”

विनीता (तड़कते हुए, झुंझलाहट से): “जिसको जो करना था, सो हो गया! अभिमन्यु और नम्रता... वो दोनों अब एक साथ हैं। आप समझ रहे हैं? ”

विनीता के चेहरे के भाव अचानक से बदलने लगे अपने दाँत पीसते हुए बोला।

विनीता: " मैं ऐसा होने नहीं दूंगी।

ये सुनकर वीरेंद्र कुमार का चेहरा अचानक गंभीर हो गया।

वीरेंद्र कुमार (धीमे स्वर में, लेकिन गहरी सोच के साथ):

“मैं हूँ ना, अपने तरीके से देख लूंगा, बाय दा वे, तुम्हारी मम्मी बता रही थी, घर पे कोई तांत्रिक आया था? तुम इन चक्करों से दूर रहो, अभी सिर्फ अपने काम पे फोकस करो।”

वीरेंद्र कुमार लेक्चर दिए जा रहे थे,लेकिन विनीता जैसे वहाँ हो ही ना, गुस्से में वहाँ से चली जाती है। वीरेंद्र कुमार, विनीता को जाते हुए बस देखते रह गए।

***

48-

नम्रता का जन्मदिन था। अभिमन्यु ने उसके लिए एक सरप्राइज़ पार्टी रखी थी। शाम को जैसे ही नम्रता ने अपने फ़्लैट का दरवाज़ा खोला, उसके दोस्त ज़ोर-ज़ोर से : "हैप्पी बर्थडे टू यू!" गाने लगे। चारों तरफ़ लाइट्स और फूलझड़ियाँ देखकर नम्रता बहुत ख़ुश हुई। उसने अभिमन्यु की तरफ़ देख कर फूली नहीं समा रही थी। उस रात सबने मिलकर ख़ूब पार्टी की और मज़े किए। नम्रता ने केक काटा और सबसे पहले अभिमन्यु को अपने हाथों से खिलाया। देर रात तक सब नाचते-गाते और मस्ती करते रहे। जब रात के दो बजने को थे, सब थक कर चूर हो चुके थे और अपने-अपने घर चले गए। जब सब चले गए और अभिमन्यु भी जाने लगा, तो नम्रता ने उसका हाथ पकड़ कर उसे रोकते हुए।

नम्रता: "तुम कहाँ चले सरकार ?"

अभिमन्यु (मुस्कुराते हुए): "और कहाँ, अपने घर!"

नम्रता: "घर कौन सा घर ?"

अभिमन्यु (हँसते हुए): "जहाँ रात गुजरती है।"

नम्रता: "मुझे नहीं पता कि यह सही है या ग़लत, लेकिन अभी मुझे यह सही लग रहा है।" यह कहते हुए उसने एक फूलों का गुलदस्ता अपने हाथ में लिया और अभिमन्यु की

तरफ़ प्यार से देखने लगी। अभिमन्यु ने एक गहरी साँस ली, फिर नम्रता की आँखों में देखते हुए।

अभिमन्यु: “विल यू मेरी मी ?”

(क्या तुम मुझसे शादी करोगी ?)

नम्रता कुछ क्षण के लिए चुप रह गई। उसकी आँखें बड़ी हो गईं, होंठ काँपने लगे,उस पल जैसे समय थम-सा गया था।नम्रता की आँखों में आँसू छलक आए।

नम्रता: "हाँ, हाँ, हाँ!"

दोनों एक-दूसरे के गले लग गए। नम्रता की आँखों में ख़ुशी के आँसू थे।

नम्रता: "मैं तुम्हें अपना सारा प्यार देना चाहती हूँ।"

अभिमन्यु ने नम्रता को अपनी बाहों में उठाया और दोनों एक-दूसरे को चूमने लगे। तभी गेट का दरवाज़ा खुला और जयंत अंदर आते हुए।

जयंत: "ओह, सॉरी! मैं ग़लत टाइम पर आ गया।"

जयंत वहां से जाने लगा। नम्रता और अभिमन्यु दोनों एक-दूसरे से अलग होते हुए।

अभिमन्यु: "रुको मैं भी आ रहा हूँ।"

अभिमन्यु, जयंत के साथ जाने लगा, पीछे मुड़ कर एक नजर नम्रता की तरफ देखा। नम्रता बहुत खुश थी, उसकी आँखें ही सब कुछ बयां कर रही थी। अभिमानु मन ही मन कहता है, अजीब विडम्बना है, जब भी प्यार की पींगे बजने को होता हूँ ,कोई न कोई आ धमकता है। नम्रता की आँखों में अभी भी वासना के डोरे मचल रहे थे। अभिमन्यु, नम्रता को अपनी गोदी में उठा लेता है और उसके बेडरूम की तरफ जाने लगा। ले जाकर बिस्तर पर लिटा अभिमन्यु धीरे से नम्रता के बाल संवारने लगा। नम्रता की आँखों में आँसू थे, जो उसके गालों से होते हुए अभिमन्यु के चेहरे पर गिर रहे थे।

नम्रता ने उसे अपनी ओर खींच लिया, और दोनों एक-दूसरे को बेताबी से चूमने लगे। कुछ देर बाद अभिमन्यु नम्रता के कान में धीरे से।

अभिमन्यु: "कहो तो ये दरिया यहीं रुक जाए ?"

नम्रता ने अभिमन्यु के होंठों को हल्के से काटते हुए।

नम्रता: "दरिया तो समंदर से मिलने के लिए है!"

दोनों एक-दूसरे में समाते चले गए, उठती-गिरती लहरें समंदर के किनारे की ओर बढ़ती चली जा रही थीं। किनारे पर पहुँचकर ही दोनों शांत हुए। अभिमन्यु ने प्यार से अपना सिर नम्रता के ऊपर रख दिया। नम्रता ने उसके बालों को सहलाते हुए।

अभिमन्यु: "जयंत बाहर ही वेट कर रहा है।"

जयंत बाहर ही काफ़ी देर से इंतज़ार कर रहा था। मन ही मन खीझते हुए जब अभिमन्यु बाहर नहीं आया तो उसने ऊँची आवाज़ में पुकारा।

जयंत (बेचैन स्वर में): "चलो भी...!"

नम्रता शरारती हंसी के साथ अभिमन्यु को बिस्तर से धकेलते हुए अभिमन्यु अंगड़ाई लेते हुए उठता है। अभिमन्यु अपने कपड़े सँभालते हुए बाहर आ गया।

जयंत: "तुम दोनों शादी कर रहे हो ?"

तब तक दोनों बाहर आ चुके थे। अभिमन्यु ने अपनी बाइक स्टार्ट की और रेस में ले लिया।

जयंत (ख़ामोशी तोड़ते हुए, गंभीर लहज़े में): "तुमने मेरे सवालों का जवाब नहीं दिया।"

अभिमन्यु: "बहुत जल्द।"

जयंत: "और विनीता ?"

अभिमन्यु: "वो एक अमीर बाप की बिगड़ी औलाद है।"

जयंत: "वीरेंद्र कुमार को शायद तुम ठीक से जानते नहीं हो..."

अभिमन्यु (हँसते हुए): “डरना मेरी फ़ितरत में नहीं है... और ये तुम अच्छे से जानते हो। ये बात वो भी अच्छे से जानता है।”

अभिमन्यु ने अचानक बाइक पर ब्रेक लगाया। तब तक वे अपने फ़्लैट पहुँच चुके थे। जयंत और अभिमन्यु के इस फैसले से बिलकुल भी खुश नहीं था, लेकिन वो जनता था ,ये मानने वाला नहीं है।

जाते हुए उसने बस इतना ही कहा; "हमारे और तुम्हारे रास्ते अब से जुदा हैं।"

***

49-

अगले दिन नम्रता जैसे ही ऑफिस पहुँचीं उनका सहकर्मी अतुल, नम्रता को देखते ही।

अतुल: "मैडम,आपके लिए ब्रेकिंग न्यूज़!"

नम्रता (हैरानी से): "ब्रेकिंग न्यूज़?"

अतुल: "बॉसने सभी पॉलिटिकल कवरेज बंद करने को कह दिया है और अब से आप पॉलिटिक्स की जगह स्पोर्ट्स एडिशन देखेंगी।"

नम्रता को यह सुनकर बहुत गुस्सा आया। उसने अतुल को घूरकर देखा।

अतुल (घबराकर, गला साफ़ करते हुए): “मैडम, इसमें मेरी क्या ग़लती...?”

नम्रता बिना कुछ बोले गुस्से में सीधा बॉस के केबिन में जा पहुँची। उसने सवालिया नज़रों से उसकी तरफ़ देखा। सिद्धार्त कपूर तुरंत समझ गया कि वह क्या कहना चाहती है।

सिद्धार्त कपूर: “आर्डर इज आर्डर।”

(आदेश, आदेश है।)

नम्रता (कड़े स्वर में): “आप ऐसा नहीं कर सकते।”

सिद्धार्त कपूर (झल्लाते हुए): "तुम मुझे सिखाओगी कि क्या सही है और क्या ग़लत?"

नम्रता (पलटवार करते हुए): "आप ग़लत हैं , ये आपको पता है... और क्यों ग़लत हैं, ये भी आपको पता है।"

सिद्धार्त कपूर (गुस्से में): "यह मेरा न्यूज़ चैनल है। जो मैं कहता हूँ, वही होगा।"

नम्रता (दृढ़ निश्चय के साथ): "ओके ,समझ गई।"

ये कहते हुए नम्रता, सिद्धार्त कपूर के केबिन से बाहर आ गई। सीधा अपने केबिन में पहुँच कर गुस्से से अपनी फाइल सामान पैक करने लगी।

अतुल (हैरान होकर): "मैडम, यह आप क्या कर रही हैं?"

नम्रता:"मैं अब तुम्हारी मैडम नहीं रही।"

यह कहते हुए उसने अपनी फ़ाइल उठाई और ऑफिस से बाहर निकल गई। उधर अभिमन्यु अपने कार्यकर्ताओं के साथ शरद कौशिक और भल्ला के ख़िलाफ़ मोर्चा निकालने की तैयारी कर रहा था। कार्यकर्ताओं को ज़रूरी निर्देश दे रहा था।

तभी वीरेंद्र कुमार का पी.ए. सुमित अपनी कार से उतरा।

सुमित (कड़े लहज़े में): "कोई रैली नहीं होगी। सब कैंसिल। सभी अपने-अपने काम पर जाएँ।"

अभिमन्यु (गुस्से से): “हम तो अपना काम ही कर रहे हैं।”

सुमित (आदेशात्मक लहज़े में): “मुख्यमंत्री जी का आदेश है।”

अभिमन्यु ने तुरंत वीरेंद्र कुमार को फ़ोन लगाया, लेकिन उन्होंने फ़ोन नहीं उठाया। यह देखकर सुमित मुस्कुराते हुए।

सुमित: "हो गई तसल्ली?"

सुमित ने पार्टी के सभी कार्यकर्ताओं को इशारा किया और वे सब वहाँ से चले गए। सुमित रहस्यमई निगाहों से अभिमन्यु की ओर देखते हुए बोला।

सुमित: "पार्टी में रहना है, काम करना है ? तो जो मुख्यमंत्री जी कहें वही करना है। समझ गए, अपना दिमाग नहीं लगाना है ?"

अभिमन्यु ने आव-देखा न ताव सुमित की गाल में एक तमाचा रशीद कर देता है। सुमित को जैसे कुछ समझ नहीं पड़ा अचानक से क्या हो गया। अभिमन्यु की तरफ गुस्से से तमतमाते हुए बढ़ा। अभिमन्यु, सुमित का कॉलर पकड़ते हुए ।

अभिमन्यु: "वीरेंद्र कुमार से कहना कि जब एक दरवाज़ा बंद होता है, तो कई दरवाज़े खुल भी जाते हैं।"

***

49-

एक तरफ नम्रता को उसके न्यूज़ चैनल से निकाल दिया गया था, तो दूसरी तरफ अभिमन्यु ने वीरेंद्र कुमार से सीधी दुश्मनी मोल ले ली थी। वीरेंद्र कुमार ने भी भल्ला और शरद कौशिक जैसे भ्रष्टाचारी बिज़नेसमैन से हाथ मिला लिया था। नम्रता और अभिमन्यु ने इस मुहीम को और मुखर तरीके से बढ़ाने का निश्चय किया।

उन्होंने सोशल मीडिया को अपना नया हथियार बनाया। लोगों के बीच सीधे अपनी बात पहुँचाने लगे। देखते ही देखते वीरेंद्र कुमार और उनके साथियों की हर जगह किरकिरी होने लगी। लोगों ने भारत चेतना न्यूज़ का भी बहिष्कार करना शुरू कर दिया। जनता का गुस्सा बढ़ता जा रहा था और भल्ला और शरद कौशिक पर फिर से जाँच शुरू करने का दबाव बढ़ता जा रहा था।

वीरेंद्र कुमार अपने केबिन में बेताबी से टहल रहे थे। चेहरे पर बेचैनी और दिमाग़ में कई तरह की उलझनें व चुनौतियाँ घूम रही थीं। सामने सोफ़े पर शरद कौशिक और भल्ला बैठे थे। उसकी निगाहें लगातार वीरेंद्र कुमार पर टिकी थीं मानो वह उनसे कुछ सुनना चाहता हो।

वीरेंद्र कुमार (गंभीर स्वर में, धीमे-धीमे): “सिस्टम तो अपना काम करेगा ही...”

शरद कौशिक (चिंतित होकर): “सर, आप मुख्यमंत्री हैं... जब आप ही ऐसी बातें करेंगे तो हम कहाँ जायेंगे ?”

वीरेंद्र कुमार (झल्लाकर): “क्या मतलब घर की खेती है? जब जो मन हुआ, कर दिया जाए?”

शरद कौशिक: “ठीक है... सिस्टम को अपने हिसाब से चलाया भी जा सकता है।”

तभी दरवाज़े पर दस्तक होती है। सुमित का चेहरे पर घबराहट और हल्की बेचैनी साफ़ झलक रही थी। वीरेंद्र कुमार ने उसकी शक्ल देखकर समझ गए कि मामला गंभीर है। उन्होंने उसे अंदर आने का इशारा किया। सुमित पास आकर धीरे से उसके कान में बोला।

सुमित: “सर, सोनाली डबल गेम खेल रही है।”

यह सुनकर वीरेंद्र कुमार उछल पड़े।

वीरेंद्र कुमार (क्रोध में): “साली...! करोड़ ले गई...!”

सुमित: “चुनाव के दौरान जो आपके वीडियो लीक हुए थे... उसी ने करवाया था।”
वीरेंद्र कुमार (हड़बड़ाते हुए): “और तो कोई वीडियो हाथ नहीं लगे?”

सुमित:“नहीं... हमने उसके ऑफिस में, हर जगह छानबीन किया कुछ ख़ास नहीं मिला।”

वीरेंद्र कुमार ने सुमित को जाने का इशारा किया तभी उनकी नजर सुमित की गाल में कुछ निशान दिखे।

वीरेंद्र कुमार: “ये क्या है ?"

सुमित: "कुछ नहीं।" कह कर वहाँ से निकल गया, सुमित को शर्मिंदगी महसूस हो रही थी सो उसने अभिमन्यु बारे में कुछ नहीं बताया।

कमरे में अब सिर्फ़ शरद कौशिक, भल्ला और वीरेंद्र कुमार बचे थे।

शरद कौशिक: “क्या बात है? आप इतनी टेंशन में क्यों हैं?”

इसके बाद वीरेंद्र कुमार कई घंटों तक गुप्त मंत्रणा में डूबे रहे। शरद कौशिक की आँखों में चमक थी, वहीं वीरेंद्र कुमार बड़ी गंभीरता से स्थिति को परख रहे थे। आख़िरकार जब दरवाज़ा खुला... तीनों के चेहरों पर संतोष झलक रहा था।

***

50-

सुबह के तकरीबन 8 बज रहे थे। नम्रता के फ़्लैट के बाहर पुलिस और मीडिया का जमावड़ा लग चुका था। चारो तरफ अफरातफरी का माहौल था। फोटो ग्राफर के कैमरों की फ्लैश लगातार चमक रही थीं। नम्रता के फ्लैट में झाड़ू-पोंछा करने वाली, इंस्पेक्टर को काँपती आवाज़ में एक साँस में बता रही थी जो कुछ उसने देखा।

कामवाली बाई: "साहब मैं जैसे ही दरवाजा खोल कर अंदर आई, एक चाभी मेरे पास भी रहती है, मैडम जब नहीं होती ,कहीं बाहर होती हैं, मैं झाड़ू-पोंछा कर चली जाती हूँ। मैंने देखा सब सामान इधर-उधर बिखरा पड़ा है, मैं समझ गई।"

इंस्पेक्टर: "क्या समझ गई ?"

कामवाली बाई: "यही साहब मैडम का बर्थ डे होगा, सामने केक भी रखा था, बलून भी लगे थे।"

इंस्पेक्टर (कुढ़ते हुए): "तुमने नम्रता को कब देखा ?"

कामवाली बाई: " मैंने सोचा मैडम का बर्थ डे था, वो क्या कहते हैं, विश ? हाँ, विश कर दूँ।

जैसे ही उनके बेड रूम में गई ,देखा मैडम पीठ के बल बेसुध पड़ी हैं। उनके मुँह से खून और झाग निकल रहा था।

साहब फिर मैं वहाँ से भागते हुए सिक्योरिटी वाले भैया मंसुख को सब बताया।"

वहाँ आस पास जमा लोग आपस में कानाफूसी कर रहे थे :“ये हुआ कैसे?” “क्या किसी ने ज़हर दिया है?”

कोई कहता सुसाइड लगता है। जितने लोग उतनी तरह की बातें। पुलिस अफ़सर और मेडिकल एक्सपर्ट हर एक एंगल से बारीकी से जाँच कर रहे थे और सबूतों की तस्वीरें ले रहे थे। पुलिस ने नम्रता का फ़ोन चेक किया और देखा कि उसके कॉल लॉग में सबसे पहला नंबर अभिमन्यु का था। एक पुलिस अफ़सर ने तुरंत अभिमन्यु को फ़ोन लगाया। इस ख़बर को सुनते ही अभिमन्यु के पैरों तले ज़मीन ही खिसक गई, बिना देरी वहाँ से बदहवास भागा। पुलिस ने तुरंत लाश को पोस्टमार्टम के लिए भेजने का आदेश दिया।

अभिमन्यु को पूछताछ के लिए थाने बुलाया गया। पुलिस ने पड़ोसियों से भी पूछताछ की, बताया कि उन्होंने पिछली रात अभिमन्यु और नम्रता के बीच लड़ाई की आवाज़ सुनी थी। पुलिस ने अभिमन्यु को थाने में पूछताछ के लिए बुलाया। अभिमन्यु भी यह ख़बर सुनकर काफ़ी दुखी था, उसे समझ नहीं पड़ रहा था ,कैसे ,क्या हुआ। पुलिस ने अभिमन्यु को नम्रता के फ़ोन से कुछ वीडियो दिखाए जिनमें अभिमन्यु और सोनाली एक-दूसरे को किस कर रहे थे।

अभिमन्यु: “उस रात की पूरी घटना मैं बता चुका हूँ... हाँ, बहस हुई थी नम्रता से कि मेरा और सोनाली के बीच अफेयर है...लेकिन यह वीडियो आल्टर, AI से जनरेटेड है...मेरा और सोनाली के बीच ऐसा कोई रिलेशन नहीं है।सोनाली, जयंत के साथ उस पार्टी में आई थी। वहाँ सभी ने एन्जॉय किया और अपने-अपने घर चले गए।”

इसी बीच, पोस्टमार्टम रिपोर्ट भी आ गई। रिपोर्ट में पता चला कि नम्रता की मौत ज़हर से हुई है।उसी बीच सोनाली और अभिमन्यु के बीच इंटिमेट वीडियो तेज़ी से इंटरनेट पर वायरल होने लगे। अभिमन्यु को कुछ समझ नहीं पड़ रहा था आखिर चल क्या रहा है। एक तरफ वह नम्रता की मौत से सदमें में था ,कुछ ही दिन बाद वो शादी करने वाले थे। अचानक से उसकी मौत हो गई और उसकी हत्या के जुर्म में सलाखों के पीछे पहुँच गया।

पुलिस से बार-बार कहता उसे कुछ नहीं मालूम उसके खिलाफ साजिश है। लेकिन उससे कोई फर्क नहीं पड़ता, पुलिस को जो करना था जैसे करना था वही कर रही थी। पुलिस भी अपनी जाँच सिर्फ़ एक ही दिशा में ले जा रही थी।नम्रता के जाने के बाद अभिमन्यु का दिल पत्थर सा हो गया था।अब वह एक ज़िंदा लाश की तरह जेल की चारदीवारी में बंद रहता था।

बीच-बीच में उसके परिवार वाले उससे मिलने आते, लेकिन उसने सभी को मना कर दिया था। वह ना तो किसी से बात करता, ना ही किसी से मिलता। बस खिड़की से आती रोशनी को देखता रहता था। इस तरह कई साल बीत गए।

अभिमन्यु ने इंस्पेक्टर विवेक को अपनी पूरी आपबीती सुनाई। विवेक उसकी बातों से इतना प्रभावित हुआ कि वह अब किसी भी हद तक जाकर इस केस को सुलझाने का आश्वासन देता है।

***

51-

इंस्पेक्टर विवेक फाइलों में सिर झुकाए बैठा था। तभी कॉन्स्टेबल विमलेश धीमे-धीमे आगे बढ़ा।

विमलेश: "सर, एक बात कहूँ?"

विवेक (थके हुए अंदाज़ में): "हाँ, बोलो।"

विमलेश: "सर, कभी-कभी सबूत का ना होना भी सबूत होता है। जिस लड़की की वजह से यह सब हुआ, वही सच्चाई बता सकती है।"

विवेक: "मतलब की नम्रता ? वो भूत बन के आए और अपनी सच्चाई बताए? तो फिर बुलाओ ?"

विमलेश: "मेरा मतलब, सोनाली।"

विवेक (गहरी साँस लेते हुए): "उसे ही क्यों ? सब से मिलना पड़ेगा जो भी इन्वॉल्व हैं।"

विमलेश की तरफ देखते हुए फिर कहा।

विवेक: "पहले उसी को बुलवा लो।"

सोनाली को थाने लाया गया। विवेक ने सख़्ती से सवाल शुरू किए।

विवेक: "अभिमन्यु से तुम्हारी मुलाकात कब और कैसे हुई?"

सोनाली पहले इधर-उधर की बातें करने लगी। मुझे लगता है, विनीता ने कला जादू करवाया है, वो अभिमन्यु से शादी करना चाहती थी, बीच में नम्रता आ गई। उन दोनों के बीच उसने फूट डलवाई फिर हत्या करवा दी। विवेक बड़े गौर से उसकी बात सुन रहा था।

विवेक: "तुम्हारे कहने का मतलब, किसी भूत ने अभिमन्यु के हाथ नम्रता को मरवाया ? ऍम ई राइट ?"

सोनाली को कुछ समझ नहीं पड़ रहा था, हाँ कहे या ना। विवेक बड़ी गंभीरता से सोनाली के चेहरे को रीड कर रहा था।

विवेक: "और बताओ जो कुछ बता सकती हो ?"

सोनाली: "सच कहूँ तो मैं ना तो नम्रता को जानती थी, ना ही मुझे पता था कि उसकी हत्या क्यों हुई। अभिमन्यु कौन है, कहाँ से है... इस बारे में भी मुझे कुछ मालूम नहीं। जब वो टीवी पर चर्चा में आया, तभी पहली बार उसका नाम सुना। वो एक निडर और बेबाक़ नौजवान है। मुझे लगा कि वो हमारी पार्टी के लिए उपयोगी साबित हो सकता है। इसलिए मैंने ही उसकी मुलाकात वीरेंद्र कुमार से करवाई थी। इसके अलावा उससे जितनी भी बार मुलाकात हुई, सब दफ़्तर में काम के सिलसिले में। ना उसने मुझे अपनी पर्सनल बातें बताईं, ना मैंने उससे कभी पूछीं।"

विवेक की आँखें और तीखी हो गईं। एक और सवाल दागा।

विवेक: "अगर चारो तरफ सिर्फ रख है तो कहीं ना कहीं चिंगारी भी रही होगी ? अभिमन्यु और तुम्हारे बीच कुछ तो और रहा होगा ?"

सोनाली (बिना देरी किए): “वो सब अल्टर एआई से बनाए गए हैं। सच कहूँ, मुझे नम्रता की हत्या के बारे में कोई जानकारी नहीं है, और ना ही अभिमन्यु से मेरा कोई लेना-देना।”

विवेक ने अपनी नोटबुक बंद की और सोनाली की ओर लंबे समय तक देखता रहा। उसके शब्दों में कहीं भी हड़बड़ी या घबराहट नहीं थी। लेकिन फिर भी कुछ तो था जो मेल नहीं खा रहा था।

***

52-

इंस्पेक्टर विवेक को अब यह बात अच्छी तरह समझ में आ गई थी कि यह हत्या सिर्फ़ किसी अफ़ेयर का मामला नहीं था, बल्कि इसके तार राजनीतिक षड्यंत्र से जुड़े हुए हैं। इस हत्या के पीछे ऊपर बैठा कोई व्यक्ति है, जो इस पूरे ऑपरेशन को चला रहा था। यह एक राजनीतिक मसला था, जिसमें बड़े-बड़े लोग शामिल थे। इंस्पेक्टर विवेक के सामने कई बड़ी चुनौतियाँ थीं। वह जानता था कि वह किसी भी बड़ी हस्ती पर हाथ नहीं डाल सकता। ना तो वह वीरेंद्र कुमार से सीधे पूछताछ कर सकता था और ना ही उनकी बेटी से क्योंकि इसके लिए परमिशन मिलना बहुत मुश्किल था।

अब विवेक के पास केवल एक ही रास्ता बचा था। उसने अपने पास मौजूद सोनाली और जयंत के बयानों को मीडिया में लीक कर दिए। ख़बर जंगल की आग की तरह फैल गई। पूरे शहर में नम्रता हत्याकांड की गूँज सुनाई देने लगी। न्यूज़ चैनलों से लेकर सोशल मीडिया तक फिर से यही चर्चा सुरु हो गई।

एक ओर विवेक पर केस बंद करने का राजनीतिक दबाव बढ़ता जा रहा था, वहीं दूसरी ओर जनता और मीडिया का समर्थन इस केस को ज़िंदा रखे हुए था। इसी बीच विवेक ने उस रात की पूरी सीसीटीवी फुटेज निकलवाई और घंटों तक बड़ी बारीकी से उसका अध्ययन किया।

फिर उसने पार्टी में मौजूद हर शख़्स से पूछताछ की, लेकिन कोई भी ठोस सुराग उसके हाथ नहीं लगा। सीधे वीरेंद्र कुमार पर हाथ डालना नामुमकिन था। विवेक जानता था कि उसे घेरने के लिए पहले उसकी कड़ी तक पहुँचना ज़रूरी है। सरकार पर बढ़ते दबाव के कारण आखिर विनीता को पूंछ-तांछ कें लिए आना पड़ा। विनीता ने बड़ी सहजता से एक-एक सवाल का जवाब सफ़ाई से देने लगी। वह ऐसे बोल रही थी जैसे नम्रता को बस दूर से जानती हो, कोई गहरी पहचान न हो।

अभी तक सामान्य ढंग से ही सवाल जवाब चल रहे थे। तभी अचानक से इंस्पेक्टर विवेक ने एक बीमर मारा आम तौर पे ये शब्द क्रिकेट की भाषा में प्रयोग में लाया जाता है। बल्लेबाज बाउंसर की उम्मीद तो करता है, गेंद पिच पे गिर कर उसके सर की तरफ आ सकती है लेकिन वो ये उम्मीद नहीं करता ,गेंद बिना पिच पे टप्पा खाए उसके सर की तरफ आ जाए।

विवेक: "पंडित नैमिषरण को जानती हो ?"

विनीता एक दम से चौक सी गई, कुछ देर के लिए चुप हो गई। सोच में पड़ गई उस बारे में कुछ बोले या ना बोले।

विवेक उसके चेहरे के भाव को गौर से देख रहा था।

विनीता: "हाँ,जानती हूँ, सिद्ध बाबा हैं, दूर-दूर से लोग उनके पास जाते हैं, अपनी समस्या लेकर।"

विवेक: "ये तंत्र-मंत्र भी करते हैं, कहने का मतलब ब्लैक मैजिक जैसी चीजें ?"

विनीता (सम्भलते हुए सपाट लहजे में): "करते होंगे मुझे नहीं पता।"

विवेक: "आप भी कई बार गई इनके पास ?"

विनीता: "लाइफ में कुछ प्रॉब्लम थी जो पूजा-पाठ उन्होंने बताया किया, बस हो गया।"

विवेक: "अभिमन्यु के साथ आपके कैसे रिलेशन थे ?"

विनीता: "जस्ट नार्मल, मुलाकात हो जाती थी, मेरे फादर के साथ कभी काम करते थे, सो कभी कभार घर आना -जाना भी होता था।"

विवेक: "आप झूठ बोल रही हैं, आप और अभिमन्यु बाहर भी मिलते थे, ये रिस्ता सामान्य से कहीं ज्यादा था।"

विनीता कुछ देर के लिए खामोश हो गई, उसका चेहरा ग़मगीन हो गया, दिल की गहराइयों में कहीं न कहीं अब भी अभिमन्यु के लिए नरम कोना रखती थी। उनके बीच नाराज़गी थी, दूरियाँ थीं, लेकिन इतनी भी नहीं कि वह उसकी ज़िंदगी बर्बाद होते देख सके। इंस्पेक्टर विवेक के मन में कई सवाल कौंध रहे थे; क्या विनीता सचमुच अभिमन्यु को बचाना चाहती है या इसके पीछे कुछ और है?

फ़िलहाल तो इसका जवाब भविष्य के गर्भ में था। नम्रता मर्डर केस एक हाई-प्रोफ़ाइल केस था। इसकी फ़ाइल फिर से खुलने से पूरे देश में हलचल होना स्वाभाविक था। सरकार पर भी इस केस को लेकर काफ़ी दबाव था। जल्द से जल्द इस केस की सच्चाई सामने आए। इस केस को सी बी आई को सौंपे जाने की मांग भी उठने लगी थी। दिन-ब-दिन ये केस और पेचीदा होता जा रहा था। लेकिन किसी के भी ख़िलाफ़ कोई पुख़्ता सबूत नहीं मिल पा रहा था।

यहाँ तक कि उस रात बिल्डिंग की सीसीटीवी फुटेज में भी ऐसा कोई सुराग नहीं मिला, जिसके आधार पर इंस्पेक्टर विवेक किसी नतीजे पर पहुँच पाता।

***

53-

एक दिन देर रात इंस्पेक्टर विवेक अपने दफ़्तर में अकेले ही बैठा था। उसके सामने केस की फ़ाइल खुली थी, अब तक की जाँच -पड़ताल में जो भी जानकारी,बयानात उनके पास थे ,सब पर बड़ी बारीकी से कड़ी फिट कर रहा था। फाइलों को बार-बार उलट- पलट कर देखता है। तभी उसकी नजर एक फाइल पे जाकर ठहर जाती है, जिसमें अभिमन्यु की तस्वीरें, उसकी राजनीतिक यात्रा के लेख और भाषणों की क्लिपिंग्स लगी थीं।

अचानक उसकी नज़र एक ख़बर पर पड़ती है जिसमें अभिमन्यु की राजनीतिक विचारधारा का वर्णन था। विवेक को तुरंत महाभारत का अभिमन्यु याद आता है। उसे महसूस हुआ कि अभिमन्यु भी आज के इस दौर में राजनीति के चक्रव्यूह में फँस चुका है।

अभिमन्यु भी निडर था और जानता था कि इस चक्रव्यूह में कैसे घुसना है। लेकिन वह यह नहीं जानता था कि बाहर कैसे आना है। उसकी हार इसलिए नहीं हुई कि वह कमज़ोर था, वह व्यूह में रहकर सभी महारथियों से अकेला लड़ सकता था, लेकिन वो उस छल-छद्‌म से बने व्यूह को तोड़ना नहीं सीख पाया था।

विवेक ने फ़ाइल बंद करते हुए मन यह सिर्फ़ एक क़त्ल का केस नहीं है, आज के महाभारत का चक्रव्यूह है। मुझे इस चक्रव्यूह में फँसे हुए आज के अभिमन्यु को बाहर निकालना होगा। इस एहसास के साथ, विवेक ने तय किया कि वह अब इस केस को सिर्फ़ तकनीकी पहलू से नहीं, बल्कि अभिमन्यु के व्यक्तिगत और सामाजिक जीवन के दृष्टिकोण से देखना होगा।

विवेक ने अब अभिमन्यु के माता-पिता को भी थाने में बुला लिया था। अभिमन्यु के पिता सुरेंद्रनाथ उनकी आँखों में उम्मीद के साथ चिंता की लकीरें साफ़ झलक रही थी।

सुरेंद्रनाथ: "एक बाप से बढ़ कर भला अपने बेटे को कौन जान सकता है... जिद्दी है, महत्वकांक्षी है मगर आदर्शों का पक्का इंसान है...किसी के साथ गलत नहीं कर सकता। हत्या तो दूर की बात है।"

ये शब्द कहते हुए उनकी बातों में पिता का विश्वास साफ झलक रहा था। विवेक ने मेज़ पर रखी कुछ तस्वीरें अभिमन्यु के माता-पिता के सामने खिसकाईं। ये वे लोग थे जो किसी न किसी रूप में इस केस से जुड़े हुए थे जैसे;शरद कौशिक, वीरेंद्र, विनीता और वीरेंद्र का पीए सुमित, मंसुख, जयंत और सोनाली। सुरेंद्रनाथ ने उन तस्वीरों को एक-एक कर ध्यान से देखा। उनकी आँखों में कोई पहचान की झलक नहीं थी।

उन्होंने साफ़ शब्दों में उन सबको पहचानने से इनकार कर दिया। लेकिन जैसे ही विवेक ने जयंत की तस्वीर सामने रखी, सुरेंद्रनाथ का चेहरा पलभर को ठिठक गया। उनकी आँखों में एक हल्की पहचान की चमक उभरी और फिर उन्होंने धीरे-धीरे सहमति में सिर हिला दिया। थाने के कमरे का सन्नाटा और गहरा हो गया था। विवेक थोड़ा चौकन्ना हो गया, अचानक से जैसे उसके शरीर में बिजली-सी कौंधी चैतन्य हो गया, सुरेंद्र नाथ की तरफ उसकी निगाहें टिक गई उसके मन में ये बात आई , इस केस से जुड़े तार हो सकते हैं।

***

54-

इंस्पेक्टर विवेक ने जयंत को पूछताछ के लिए एक गुप्त सेल में रखा था। वो कमरा किसी साधारण थाने जैसा नहीं, बल्कि एक मेडिकल लैब जैसा दिखता था। बीच में लोहे की भारी कुर्सी, चारों ओर ठंडी सफ़ेद रोशनी और दीवारों से टकराती गूँज। जयंत उसी कुर्सी से कसकर बाँधा गया था, उसकी आँखों में डर साफ़ महसूस किया जा सकता था।

विवेक धीरे-धीरे उसकी ओर बढ़ा। उसके हाथ में एक शीशी और सिरिंज थी, सोडियम पेंटोथल, जिसे लोग ट्रूथ सीरम भी कहते हैं। सिरिंज को जयंत की तरफ बढ़ाते हुए।

विवेक: “तुम अपना मुँह खोलोगे...या अपनी कब्र खोदोगे?”

जयंत के होंठ काँप रहे थे उसने गहरी साँस ली और टूटी आवाज़ में।

जयंत: “आप क्या जानना चाहते हैं...नम्रता को किसने मारा?”

विवेक की आँखें सिकुड़ गईं। वह जयंत की तरफ झुकते हुए।

विवेक: “तो क्या हम यहाँ तुम्हारी आरती उतारने लाए हैं?”

जयंत: “उस तक पहुँच भी गए तो क्या फर्क पड़ेगा? राजनीति...ये तो कुचक्रों का चक्र है, साहब। यहाँ हर मोहरे की कीमत होती है।”

इस बार जयंत ने दृढ़ता से जवाब दिया था।

जयंत: "कुचक्र में चाहे कितने ही चक्र हों... लेकिन अंत सबका वही होना है, कौरवों की तरह।"

जयंत ने लंबी साँस खींची, उसकी आँखों की कठोरता पिघलती हुई-सी लगी।

जयंत: "मैं... सच की तरफ होना चाहता हूँ।"

उसने सिर झुका लिया और बिखरे शब्दों में कबूलने लगा:

"सोनाली को अभिमन्यु के साथ लिंक करने के लिए...मुझे लाखों रुपये दिए गए थे। लेकिन मुझे ये नहीं पता कि वो शख्स कौन था। पूरा काम सिर्फ़ फोन पर होता था। जो कहता मैं करता जाता। उस रात नम्रता की बर्थ डे पार्टी में मैं ही सोनाली को लेकर गया था। उसके कई वीडियो भी बनवाए... लेकिन उस रात उसके साथ क्या हुआ, किसने उसे मारा... मुझे सचमुच नहीं मालूम।"

कमरे में सन्नाटा गहरा हो गया। विवेक की आँखों में शक की परछाइयाँ तैर रही थीं।

विवेक: "आगे बोलो...!"

जयंत ने आँखें मूँद लीं जैसे सारी ताक़त उसके शरीर से निकल रही हो।

जयंत: “मुझे अब और कुछ नहीं मालूम लेकिन मैं सरकारी गवाह बनने के लिए तैयार हूँ।”

***

55-

अदालत कक्ष खचाखच भरा हुआ था। गवाह, अभियुक्त और मीडिया सबकी नज़रें इस केस पर टिकी थीं। नम्रता हत्याकांड अब सिर्फ़ एक मुकदमा नहीं, बल्कि लोगों के लिए एक ऐसा मुद्दा जिसके सच सामने आने का हर कोई बेसब्री से इंतजार कर रहा था। वकील ने अभिमन्यु से सवाल-जवाब पूरे करने के बाद अपनी नज़रें जयंत पर टिका दीं। उसकी आवाज़ में तल्ख़ी थी।

सरकारी वकील: “आप दोनों की पहली मुलाक़ात कहाँ हुई थी?”

जयंत: “जब फ़ैक्ट्री में हड़ताल हुई थी... तभी मैं अभिमन्यु के संपर्क में आया। मजदूरों की जमानत की कार्यवाही मैंने ही करवाई थी... उनका केस मैं ही देख रहा था।”

सरकारी वकील: “तो जनशक्ति पार्टी के लिए भी काम करते हो? प्रॉपर्टी का भी धंधा चलाते हो? एनजीओ का काम भी... और क्या-क्या करते हो, भाई?”

जयंत ने कंधे उचकाकर जवाब दिया।

जयंत: “जी, बिल्कुल... एक वकील सब कर सकता है।”

सरकारी वकील हल्के व्यंग्य के साथ मुस्कुराया।

जयंत: “सब वकील में हम भी आते हैं... मगर हम सब कुछ नहीं कर सकते। वजह जानना चाहोगे क्यों?”

जयंत ने सिर हिलाकर हामी भरी।

सरकारी वकील: “ईमानदारी... अगर ईमानदारी से काम किया जाए तो इंसान की ज़िंदगी खत्म हो सकती है... मगर एक काम भी अच्छे से खत्म नहीं हो सकता।”

जयंत कुछ नहीं बोलता अदालत में तनाव और गहरा हो गया।

जज हैरानी से सरकारी वकील की तरफ देखते हैं।

जज: "वकील और वो भी ईमानदार, यार कुछ तो लिहाज करो ?"

सरकारी वकील: "सर, मेरी हालत देख कर आपको नहीं लगता ?"

जज (अपनी भौंहें चढ़ाते हुए): "ये तो भगवान जाने या आप जाने। "जज अपना गला ठीक करते हुए फिर कहा: "कम टू दा पॉइंट।" तभी सरकारी वकील ने एक और सवाल दागा।

सरकारी वकील: "अभिमन्यु के जेल जाते ही, महज़ एक महीने के भीतर ऐसा क्या हुआ कि आप फ़र्श से अर्श तक पहुँच गए?"

जयंत: "पार्टी में प्रमोशन हो गया था... कुछ बड़ी ज़िम्मेदारी दी गई।"

सरकारी वकील ने मेज़ पर हाथ मारते हुए ठसक कर बोला।

सरकारी वकील: "नम्रता के मर्डर के ठीक बाद ही! तब तक पार्टी को आपके अंदर का टैलेंट नज़र नहीं आया... लेकिन जैसे ही अभिमन्यु जेल गया, आपको बड़ी ज़िम्मेदारी मिल गई... और आप मालामाल हो गए!"

जयंत के चेहरे पर पसीने की बूँदें उभर आईं। उसकी आँखें झुक गईं। वकील ने आगे फिर सवाल दागते हुए।

सरकारी वकील: "अभी से पसीना आने लगेगा तो आगे क्या होगा? ... क्या आप स्वाति को जानते हैं?"

जयंत का चेहरा फक्क पद गया,धीमे स्वर में बोला।

जयंत: "जी... जानता हूँ।"

सरकारी वकील व्यंग्य करते हुए।

सरकारी वकील: “बहन को बहन कहने में शर्म आती है?”

जयंत का माथा पसीने से भीग गया।

सरकारी वकील: “हाँ, वही बहन... जिसकी शादी अभिमन्यु से तय हुई थी। और जिसकी वजह से वह घर छोड़कर भाग गया था... है ना ? ये संयोग है, या अवसर आपकी मुलाकात अभिमन्यु से हुई ।”

जयंत बमुश्किल से बोल पाया।

जयंत: “जी...”

सरकारी वकील: “क्या ये बात अभिमन्यु को पता है?”

जयंत (सिर झुका लिया): “जी नहीं... मैंने उसे कभी नहीं बताया।”

अदालत में सन्नाटा पसर गया। सभी की साँसें जैसे थम-सी गई थीं।

वकील: “तो चलिए, आज हम सबके सामने बता ही देते हैं।”

यह कहते हुए सरकारी वकील ने जज की ओर देखा।

सरकारी वकील: “मान्यवर, मैं निवेदन करता हूँ कि स्वाति को गवाह के तौर पर कटघरे में बुलाया जाए।”

जजः "स्वाति को गवाह के रूप में पेश किया जाए।"

अदालत में माहौल अचानक भारी हो गया था। सबकी नज़रें उस दरवाज़े पर टिक गईं, जहाँ से स्वाति को कटघरे में लाया जा रहा था।

उसके चेहरे पे तनाव और संकोच साफ़ झलक रहा था ।सरकारी वकील ने गहरी साँस लेते हुए स्वाति से पहला सवाल किया।

सरकारी वकीलः "जब अभिमन्यु ने शादी से इनकार कर दिया और आपको यह पता चला कि वह घर छोड़कर भाग गया, तब आपने क्या किया?"

स्वाति ने काँपती हुई आवाज़ में।

स्वातिः "टीवी पर अभिमन्यु को देखा था, तब जयंत को मैंने उसके बारे में बताया था।"

सरकारी वकीलः "अच्छा संयोग है, तभी से जयंत के दिमाग़ में वह साज़िश पलने लगी, किसी भी तरह अभिमन्यु को रास्ते से हटाया जाए।"

पूरा कोर्टरूम शोर-शराबे से गूँज उठा। जयंत का वकील विग्नेश अभी तक ख़ामोशी से सरकारी वकील की दलील सुन रहा था तुरंत उठ खड़ा हुआ और तीखी आवाज़ में।

विग्नेश: “जज साहब! यह तो हद हो गई। कोई किसी से शादी न करे, तो क्या उसका क़त्ल कर दिया जाएगा ?”

सरकारी वकील:“शादी हत्या की वजह नहीं थी, मान्यवर। असली वजह थी लोभ... लालच... जिसने जयंत के दिल-ओ-दिमाग़ को पूरी तरह ग्रस लिया।”

कोर्टरूम में हलचल मच गई। अभिमन्यु की आँखों में उम्मीद की हल्की किरण चमकी, जबकि जयंत का चेहरा पसीने से भीग चुका था। जज ने सबको संत कराया, इंस्पेक्टर विवेक को इस केस की और गहराई से जाँच-पड़ताल और तफ़्तीश करने का आदेश दिया।

***

56-

नार्को टेस्ट के दौरान जयंत की आँखें आधी खुली और आधी बंद थीं। उसकी साँसें तेज़ चल रही थीं। दवा के असर में उसका शरीर काँप रहा था, मानो कोई गहरे अंधेरे से उसे खींचकर सच के उजाले में ला रहा हो।

जयंत: "उस रात... पार्टी में... नम्रता के ड्रिंक में... मैंने ही..."

जयंत की आवाज़ अचानक से धीमी हो गई। पूरा शरीर पसीने से तरबतर हो चुका था।

इंस्पेक्टर विवेक: "जयंत! और क्या हुआ था? किसने कहा था यह सब करने को?"

जयंत की आँखों से आँसू निकल आए। उसने रुँधे गले से दबी डाह फिर कहने लगा।

जयंत: "जिस दिन नम्रता की हत्या हुई...उसी दिन मंसुख मेरे पास आया था। बोला 'हम केस वापस लेना चाहते हैं।

मैंने उसे समझाया 'हमारा केस मज़बूत है, जीत हमारी ही होगी। तब मंसुख ने कहा 'नहीं, मुझे केस वापस लेना है।"

विवेक ने तुरंत टोका।

विवेक: "क्या अभिमन्यु ने उसे ऐसा करने को कहा था?"

जयंत: “नहीं... बिल्कुल नहीं। मैंने खुद अभिमन्यु से बात की थी, उसने साफ़ मना कर दिया था। उसने कहा ‘ये लड़ाई मज़दूरों की है, उनके हक़ की है और हमे लड़ना है । मुझे नहीं पता, मंसुख ऐसा क्यों कह रहा था... हो सकता है उसे भी उन लोगों ने लालच दिया हो।”

विवेक की आँखें सिकुड़ गईं। उसके माथे पर बल पड़ने लगा । वह मन ही मन बुदबुदाया। मंसुख तक जा पहुँचा है। कुछ देर बाद नार्को टेस्ट ख़त्म हुआ। जयंत का शरीर ढीला पड़ चुका था। डॉक्टरों ने उसे कुर्सी से अलग किया। विवेक बाहर निकला और विमलेश को आदेश देता है।

विवेक: “मंसुख को थाने बुलाओ।”

कुछ ही देर में मंसुख पुलिस स्टेशन की चौखट पर था। कमरे में अँधेरा और सन्नाटा पसरा हुआ था। विवेक ने जैसे ही सवालों की बौछार शुरू की, मंसुख की आँखें डर से फैल गईं।

शुरुआत में वह बचने की कोशिश करता रहा, लेकिन जब पुलिस की सख़्ती बढ़ी, तो उसका चेहरा उतरने लगा।

मंसुख: “साहब... मैं सब बता दूँगा... जो हुआ था, वही कहूँगा...झूठ नहीं बोलूंगा, गरीब आदमी हूँ।”

***

57-

मंसुख एक साँस में अपनी राम कहानी सुनाने लगा;

एक दिन मैं गार्ड रूम में बैठा था। मुझे नहीं मालूम वे कौन लोग थे तीन-चार थे, सूरत से मावाली टाइप के लग रहे थे। उस वक्त मैं अकेला ही था। दोपहर का समय था, आसपास कोई नहीं था। जैसे ही वे अंदर घुसे, उन्होंने मुझे अपने साथ चलने को कहा। मैंने मना किया तो उनमें से एक ने मेरी कनपटी पर पिस्तौल सटाते हुए बोला "बिना आवाज़ किए मेरे साथ चलो।"

डर के मारे मैं उनके साथ चला गया। उन लोगो ने एक बंद गाड़ी में इधर-उधर घुमाया गया; कई घंटे बाद गाड़ी किसी अधबनी बिल्डिंग के सामने रुकी। पर वहाँ कोई मजदूर काम नहीं कर रहा था। वे लोग मुझे एक कमरे में लेकर आए और छोड़ गए।

कुछ ही देर में एक काला चश्मा पहने शख़्स आया। उम्र लगभग चालीस के आसपास दिखती थी। आते ही धमकाते हुए बोला; "कितने पैसे चाहिए अभिमन्यु को? मैं दूँगा जितने वो मांगेगा।"

मुझे कुछ समझ नहीं आ रहा था। पहले से ही डर से काँप रहा था। मैंने कहा, "मुझे कुछ नहीं पता सर... मैं किसी से

लेना-देना नहीं रखता। मैं गरीब आदमी हूँ, रोज़ मजदूरी करके परिवार पालता हूँ।"

उसने बैग निकाला वह बैग मेरे सामने बढ़ाते हुए बोला; "ये तुम्हारे लिए है।"

मैंने पूछा; "साहब यह किस लिए है?"

उसने ठंडी आवाज़ में कहा; "बस समझो तुम्हारी लॉटरी लग गई है। बस अपना केस वापस ले लो।"

मैंने कहा; "साहब, मैं अकेला ही नहीं हूँ... सैकड़ों मजदूर हैं जिनकी रोजी-रोटी छिन गई है। हिसाब तो सबका करना है, सबके हित के लिए लड़ना है।"

वह बोला: "सबसे तुम्हें क्या लेना? तुम्हें इससे क्या मिलेगा; लाख, दो लाख... हो सकता है तुम्हारी ज़िंदगी गुज़र जाए और कोर्ट का फैसला भी आ न पाए... क्या फर्क पड़ेगा?"

मैंने साफ़-साफ़ मना कर दिया; "जो भी होगा, देखा जाएगा।"

जैसे ही मैं जाने के लिए उठने लगा, वह शख़्स अचानक मेरा गला दबोचते हुए उस इमारत की बालकनी तक ले गया। मैं दसवीं मंज़िल पर था नीचे ईंट-पत्थरों का ढेर पड़ा था। मुझे बालकनी से धक्का देने लगा। मौत को इतने पास से पहली बार देखा था।

उसने कहा: “इस तरफ़ पचास लाख और तुम्हारी ज़िंदगी है... और उस तरफ़ सिर्फ मौत! अब बताओ, क्या करना है?”

मैं डर गया था, मैंने उसकी बात मन ली।

फिर उसने कहा: “ जिस बिल्डिंग में तुम काम करते हो, वहाँ निगरानी का काम करना है।

उसने जेब से एक छोटा सा कागज़ निकाला, उस पर फ़्लैट नंबर लिखा था। फिर अपने बैग से एक सीसीटीवी कैमरा निकालकर मेरे हाथ में थमाते हुए बोला; ये कैमरा उस फ़्लैट के बेडरूम में लगाना है... बस। और हाँ, याद रहे कोई चालाकी करने की कोशिश मत करना, किसी को पता भी नहीं चलना चाहिए।

ये कहते-कहते मंसुख: "साहब मुझसे गलती हो गई, मुझे क्या मालूम था ये सब कुछ हो जायेगा।"

यहाँ तक बयान करते-करते मंसुख की आँखों में आँसू आ गए। वह इंस्पेक्टर विवेक के सामने गिड़गिड़ाते हुए: “साहब, मुझसे गलती हो गई, मुझे माफ कर दो...इससे ज़्यादा मुझे कुछ नहीं पता।”

इंस्पेक्टर विवेक का चेहरा और सख़्त हो गया।

विवेक: “वो रूम नंबर... किसका था?”

मंसुख ने झिझकते हुए जवाब दिया।

मंसुख: "नम्रता मैडम का।"

विवेक कुर्सी से पीछे टिकते हुए गहरी आवाज़ में।

विवेक: "यह भी तो हो सकता है... कि नम्रता का क़त्ल तुमने ही किया हो?"

मंसुख दोनों हाथ जोड़कर रोने लगा।

मंसुख: "नहीं साहब, मैंने कुछ नहीं किया। मैंने तो बस उनके कमरे में वो कैमरा लगाया था... मुझे क्या पता था कि वो लोग उनकी हत्या करना चाहते हैं।"

विवेक ने धीमी साँस भरी। उसके माथे पर गहरी लकीरें उभर आई थीं। यह केस अब और उलझता जा रहा था। अब तक शक की सुई लगातार जयंत की तरफ़ ही घूम रही थी। लेकिन मंसुख के इस ख़ुलासे ने पूरे मामले की दिशा ही बदल दी। विवेक ने तुरंत कॉन्स्टेबल को आदेश दिया।

विवेक: "स्केच आर्टिस्ट को बुलाओ... अभी।"

कुछ ही देर बाद स्केच तैयार हो गया। कॉन्स्टेबल उसे लेकर विवेक के कैबिन में पहुँचा। विवेक बेचैनी से इधर-उधर टहल रहा था, जैसे दिमाग़ में सारे तार जोड़ने की कोशिश कर रहा हो। उसने स्केच हाथ में लिया, आँखें सिकोड़ीं और ठंडी आवाज़ में बोला।

विवेक: " साइबर डिपार्टमेंट को भेजो... फ़ौरन।"

कुछ ही घंटों में साइबर सेल से फ़ोन आया। दूसरी तरफ़ की आवाज़ ने विवेक के कान खड़े कर दिए।

साइबर अफसर: “सर, ये शख़्स शरद कौशिक के लिए काम करता है। अभी भारत में नहीं है… कनाडा में ट्रेस हुआ है।”

इन सब खुलासे से ये बात तो साफ़ हो चुकी थी, इस हत्या के तार सीधे ऊपर तक जा रहे थे। लेकिन ठोस सबूत के बिना वहाँ पहुँचना नामुमकिन था।उधर कोर्ट की डेडलाइन भी सिर पर मंडरा रही थी। सिर्फ़ दो दिन बाद केस की अगली सुनवाई थी।

विवेक ने गहरी साँस ली और कॉन्स्टेबल विमलेश को आदेश दिया।

विवेक: “सोनाली को स्पेशल सेल में लाओ। इस केस में अभी बहुत कुछ है, जो अब तक सामने नहीं आया।”

कॉन्स्टेबल विमलेश ने हाँ में सिर हिलाया और तुरंत बाहर चला गया।

***

58-

अगले दिन उसी स्पेशल सेल में जहाँ पहले जयंत और मंसुख का नार्को टेस्ट हो चुका था, सोनाली को लाया जाता है। कमरे में पूरी तरह से सन्नाटा पसरा था। सोनाली ने अंदर आते ही तेज़ निगाहों से इंस्पेक्टर विवेक को देखती है।

सोनाली: "मुझे जो मालूम था, वो मैं पहले ही आपको बता चुकी हूँ।"

विवेक: " इसलिए तो आप को यहाँ लाए हैं, जो आपने अब तक नहीं बताईं।"

इस बार सोनाली का लहजा थोड़ा सख्त था।

सोनाली: "मेरे पास आपके किसी सवाल का कोई जवाब नहीं है, अब मुझे जाने दीजिए।"

विवेक मुस्कान के साथ पास खड़ी महिला कॉन्स्टेबल्स को इशारा किया। अगले ही पल सोनाली के हाथ कुर्सी से कसकर बाँध दिए गए। सोनाली तड़पते हुए चीखी।

सोनाली: " जानते नहीं हो मैं कौन हूँ!"

विवेक ने डॉक्टर की तरफ़ इशारा किया। डॉक्टर ने बिना कुछ कहे सोडियम पेंटोथल का इंजेक्शन सोनाली को लगा दिया। कुछ ही मिनटों में उसकी पलकों का बोझ बढ़ने लगा। आवाज़ धीमी, साँसें भारी होने लगी।

विवेक: "अब कैसा लग रहा है?"

सोनाली ने सिर हिलाते हुए बुदबुदाया।

सोनाली: "थोड़ा... भारी लग रहा है..."

विवेक: "आपका और वीरेंद्र कुमार का क्या रिश्ता है?"

सोनाली की आँखें अब पूरी तरह से बंद थी विचारों के गहरे गर्त में खोती चली जा रही थी।

सोनाली: "वो मेरे क्लाइंट हैं।"

विवेक: "सिर्फ़ क्लाइंट? या कुछ और भी..."

सोनाली: "कभी... हम अच्छे दोस्त थे..."

विवेक: "तो फिर उनके बारे में आपको सब पता होगा ? "

सोनाली: "हाँ...बहुत कुछ..."

विवेक ने कुर्सी की पीठ से टिकते हुए गहरी साँस ली और धीरे से कहा।

विवेक: "आगे बताइए।"

सोनाली के होंठ काँपने लगे,जैसे वो बोलना नहीं चाहती है मगर खुद पर से उसका नियंत्रण छूटता जा रहा है ।

सोनाली: "कभी-कभी... न चाहते हुए भी... आपको वो सब करना पड़ता है...जो आप बिल्कुल नहीं करना चाहते..."

सोनाली कुर्सी से बंधी थी, आँखों में धुंध और चेहरे पर थकान साफ़ झलक रही थी। सोडियम पेंटोथल का असर अब गहराता जा रहा था।

सोनाली: "वीरेंद्र कुमार को अंदेशा नहीं था... कि अभिमन्यु उनके पीछे इस हद तक पड़ जाएगा। अंदर से लेकर बाहर तक... उनकी सारी सच्चाई सामने आनी शुरू हो चुकी थी।"

विवेक ने अपनी नज़रें सोनाली के चेहरे पर गड़ाए रखीं।

सोनाली: "वीरेंद्र कुमार ने कई बार समझौते की कोशिश की... इससे पहले कि वीडियो लीक हो... वो नम्रता, मुझे... और अभिमन्यु... तीनों को रास्ते से हटाना चाहता था।"

उसकी साँसें तेज़ हो गईं, मानो शब्दों के साथ उसका बोझ भी बाहर निकल रहा हो।

सोनाली: "भल्ला और शरद कौशिक ने मिलकर एक गुप्त मीटिंग रखी थी। शरद कौशिक तो बहुत पहले से ही अभिमन्यु को रास्ते से हटाना चाहता था... उसके मन में तो नफ़रत भरी हुई थी। सबने मिलकर ये तय किया कि... इस फसाद की जड़, अभिमन्यु को ही हटा दिया जाए।"

विवेक की भौंहें तनीं। उसने फौरन नोट्स लेने वाले कॉन्स्टेबल की ओर देखा।

सोनाली: “वीरेंद्र कुमार प्रत्यक्ष रूप से किसी भी कार्रवाई के पक्ष में नहीं थे। वो नहीं चाहते थे कि उनका नाम सीधे शामिल हो। उन्होंने सबको समझाया कि... सरकार जनता से चलती है... और अगर जनता ही खिलाफ़ हो गई... तो लेने के देने पड़ जाएँगे।”

यह कहते-कहते सोनाली अचानक चुप हो गई। कमरे में सन्नाटा छा गया। सिर्फ़ उसकी तेज़ धड़कनों की आहट सुनाई दे रही थी।

विवेक: “अभिमन्यु से तुम्हारा क्या रिश्ता है? मतलब... कभी कोई इंटिमेसी ?”

सोनाली: “ना-नहीं... कभी नहीं। वो वीडियो फ़ेक था। सिर्फ़ मुझे फँसाने के लिए... वीरेंद्र ने प्लान किया था। लेकिन अब सब ठीक है... मैंने फाइनल सेटलमेंट कर लिया है, मैं अब अपने रास्ते और वो अपने रास्ते।”

***

59-

सोनाली की आवाज़ धीमी पड़ गई, होंठ काँपने लगे। दिल की धड़कनें इतनी तेज़ थीं मानो हर सच बाहर आने को तैयार हो। लेकिन वो खुद को रोक रही थी। विवेक ने डॉक्टर को इशारा किया। डॉक्टर ने इंजेक्शन की दूसरी खुराक चढ़ा दी। अब सोनाली पूरी तरह से अपने होशो-हवास में नहीं थी।

विवेक: "वीरेंद्र कुमार से कैसा सेटलमेंट किया तुमने?"

सोनाली की आँखें आधी खुली थीं। उसके होठों पर थरथराहट थी। और फिर जैसे किसी गहरे कुएँ से निकलती आवाज़ की तरह उसने कहना शुरू किया।

सोनाली: "मैं और वीरेंद्र... सिर्फ़..."

कहते-कहते रुक गई। इंस्पेक्टर विवेक की उत्सुकता और बढ़ती जा रही थी आगे जानने की सोनाली को फ़ोर्स करते हैं। सोनाली ने आगे जो कुछ कहा वो राज पूरी तरह से कान खड़े करने वाला था।

सोनाली: "एक दिन मैं अपने केबिन में बैठी काम कर रही थी। अचानक दरवाज़ा धीरे से खुला और वीरेंद्र कुमार इत्मीनान से अंदर आए। बिना किसी हड़बड़ी के वे सामने वाली कुर्सी पर बैठ गए। मैंने उठकर उनका अभिवादन किया जैसे किसी बॉस और एम्प्लॉई का रिलेशन होता है। मैंने भी वही किया।

वीरेंद्र कुमार मुस्कुराते हुए उठे और मेरे बालों पर अपनी उँगलियाँ हल्के हाथों से फेरते हुए बोले; “तुम में कुछ तो ख़ास है, जो औरों में नहीं,तुम मुझे बहुत पसंद हो।" ये कहते हुए वो मुझे किस करने लगे। मैंने पहले तो कोई रिस्पांस नहीं दिया फिर मैं भी उसी आवेग में बहती चली गई।

फिर जैसे ही मुझे ख्याल आया,वो शादी -शुदा हैं, मेरी उम्र की उनकी बेटी है। मैंने कहा भी ये ठीक नहीं है, आपकी उम्र हो चुकी है। वो हँसते हुए बोले; मर्द कभी बूढ़ा नहीं होता, बस लगाम कस दो घोड़ा हिन् हिनाने लगता है। ये कहते हुए उन्होंने मुझे टेबल पर गिरा दिया और मेरे ऊपर आ गए।

तभी अचानक से किसी के आने की आहट हुई मैंने उन्हें खुद से अलग करते हुए वहाँ से जाने के लिए कहा। वीरेंद्र को बे-मन से वहाँ से जाना पड़ा। इतना कहने के बाद सोनाली रुक गई। वहाँ उस कमरे में मौजूद लोग लम्बी सांस भरते हुए। तभी कांस्टेबल विमलेश से रहा नहीं गया बोल पड़ा।

विमलेश: "बेचारे मंत्री जी मूड बना के छोड़ दिया।”

विवेक, विमलेश की तरफ घूर के देखता है। विमलेश झेंप जाता है।

सोनाली अपनी बात जारी रखती है: " सीएम बनने के बाद वीरेंद्र कुमार का रुतबा उनका बर्ताव सब बदल चुका था। मैं भी उनसे बहुत कुछ चाहती थी। एक दिन उनके दफ़्तर पहुँची।

बाहर रिसेप्शन पर सुमित उनका पीए मिला। उसने मुझे देखते ही कहा; "सर अभी नहीं मिल सकते।"

मैं उसकी बातों को इग्नोर कर अंदर जाने लगी, जैसे ही केबिन की ओर बढ़ी, सुमित मेरे साथ बदतमीजी पे उतर आया, गलियां देने लगा। बाहर शोर -शराबे की आवाज सुन कर वीरेंद्र कुमार का पिऊन मुझे अंदर जाने का इशारा करता है ;सर बुला रहे है। जैसे ही वह केबिन में दाख़िल हुई, वीरेंद्र कुमार मुझे देखते ही मुस्कुराकर कहा ;तुम्हें देखकर खुशी हुई।

मैंने कहा; “आपके पीए के बिहेवियर ही समझ गई।”

यह सुनकर वीरेंद्र कुमार का चेहरा एक पल को सख़्त हुआ, मगर फिर मुस्कुराते हुए कुर्सी से उठे, पास जाकर उसके कंधे पर हाथ रखते हुए बोले; “जब तुम्हारे पास मैं हूँ तो टेंशन क्यों लेती हो ?”

मैंने कहा: "मुझे 1 करोड़ चाहिए।"

वीरेंद्र कुमार हँसने लगे; “अच्छा मज़ाक है।”

मैंने कहा: “ये फाइनल अमाउंट है, बांकी आप समझदार हैं।“

वीरेंद्र कुमार ने कहा: “यू बिच!”

मैंने कहा; “हाँ... बिच तो हूँ मैं। लेकिन उस बिच की भी एक ब्रांड वैल्यू है।”

वीरेंद्र कुमार गुस्से से आग बबूला हो गए उन्होंने कहा:"दो कौड़ी की हैसियत है तुम्हारी।"

मैंने कहा: "चाय सड़क पर भी मिलती है... पाँच रुपये में। वही चाय अगर फाइव-स्टार होटल में बिके तो... पाँच सौ में। समझ रहे हैं ना?"

वीरेंद्र कुमार: "क्या करोगी?"

मैंने कहा: "सड़क पर चाय पीते हुए लोग जब आपके और मेरे बीच रोमांस वाला वीडियो देखेंगे... तो आपकी भी औक़ात दो कौड़ी की हो जाएगी।"

इतना कह कर मैं वहाँ से जाने लगी।

वीरेंद्र कुमार: "तुम भी न... हर बात को सीरियस ले लेती हो, हो जाएगा सैटलमेंट।"

इतना कहते-कहते सोनाली खामोश हो गई।

विवेक: "वो वीडियो कहाँ है?"

सोनाली ने गहरी साँस ली, आँखें झुकाईं और धीरे से।

सोनाली: "वीरेंद्र कुमार की नज़र में तो मैंने सैटलमेंट के बाद वो वीडियो नष्ट कर दिया... लेकिन असल में उसे मैंने एक चिप में छुपाकर रख दिया है।"

विवेक ने कोई प्रतिक्रिया नहीं दी। बस अपनी डायरी में कुछ नोट कर लिया। फिर उसने डॉक्टर और गार्ड्स को इशारे से बाहर कर दिया और सोनाली को कुछ घंटों के लिए अकेला छोड़ दिया। जब दवा का असर उतरने लगा और सोनाली धीरे-धीरे होश में आई, विवेक ने टेबल पर रखे रिकॉर्डर का प्ले बटन दबाया। उसमें वही आवाज़ जो उसने नार्को के असर में कही थी। सोनाली ने माथा पकड़ा सर जैसे फट रहा था झुँझलाते हुए।

सोनाली: "अब क्या चाहते हो मुझसे? सब कुछ तो बता दिया..."

विवेक: "वो वीडियो हमारे इस केस को सुलझाने में बहुत मदद कर सकता है।"

सोनाली की आँखों में डर और कड़वाहट एक साथ तैर गई।

सोनाली: "तुम नहीं जानते, वीरेंद्र कुमार कितना शातिर इंसान है। वो हर उस चीज़ का इस्तेमाल करता है, जिससे उसे फायदा हो...और हर उस चीज़ को मिटा देता है, जो उसके रास्ते में रुकावट डालती है।"

एक पल को कमरे में खामोशी छा गई। विवेक ने उसकी ओर देखा। उसकी आँखों में सवाल नहीं, बल्कि एक तरह की सहानुभूति थी।

***

60-

रात के सन्नाटे में शहर से दूर किसी वीरान इमारत के पास विवेक की गाड़ी आकर रूकती है ।गाड़ी में सोनाली के अलावा जयंत और मंसुख भी थे। सोनाली के चेहरे पर डर नहीं था, पर उसकी आँखों में एक अजीब-सी बेचैनी तैर रही थी।

विवेक, जयंत और मंसुख की तरफ़ देखते हुए।

विवेक: “तुम दोनों यहीं रुको। गाड़ी से बाहर मत निकलना।”

जयंत और मंसुख ने एक-दूसरे की ओर देखा, उनके मन में कई सवाल थे। विवेक की आँखों का सख़्त तेवर देखकर वे चुप रह गए और बस हाँ में सिर हिला दिया। उस कार से उतरकर विवेक और सोनाली आगे बढ़े। इमारत के भीतर अंधेरा पसरा था, पूरी तरह से खंडहर और वीरान जैसे वहां कोई आता-जाता ना हो। टूटी खिड़कियों से आती हवा की सनसनाहट और फर्श पर बिखरे काँच के टुकड़े हर कदम पर खौफ़ को और गहरा कर रहे थे।

सोनाली ने एक जर्जर दीवार के पास जाकर हाथ बढ़ाया। एक ईंट हटाई और उसके पीछे से एक छोटा-सा लोहे का बॉक्स निकाला। बॉक्स खुलते ही उसमें रखी एक चिप नज़र आई। विवेक ने उसे हाथ में उठाया ही था कि अचानक दूर से गोली चलने की आवाज़ गूँजी।

कुछ ही पल बाद बाहर से जयंत और मंसुख की चीखें सुनाई दीं। सोनाली गोली चलने कि आवाज सुन कर सहम गई।

विवेक: "जल्दी करो, हमें निकलना है।"

सोनाली पीछे हट गई।

सोनाली: "हाँ, आप चलिए...मैं आती हूँ।"

विवेक: "चिप मुझे दे दो।"

सोनाली वहाँ से भागने लगी। विवेक आगे बढ़कर सोनाली के हाथ से चिप छुड़ाने की कोशिश करने लगा। अचानक सोनाली झटके से छूटकर भागी। कुछ दूरी पर ही विवेक ने उसे पकड़ लिया। सोनाली ने पूरी ताक़त से लात-घूँसे बरसाने शुरू किए। विवेक नीचे झुका ही था कि तभी...एक गोली सनसनाती हुई आई और सोनाली के सीने में धँस गई। उसका शरीर ढीला पड़ गया। हाथ से बॉक्स छूटकर दूर जा गिरा।

विवेक ने बिना देरी बॉक्स को अपने कब्जे में लेलिया। सोनाली की साँसें टूट-टूटकर चल रही थीं। विवेक को वहाँ से जाते देख।

सोनाली: "शायद... मेरी ग़लतियों की यही सज़ा है..."

ये कहते हुए उसकी आँखों में नमी थी।

सोनाली: "अभिमन्यु के साथ न्याय होना चाहिए।"

उसकी पलकों ने आख़िरी बार झपकी ली साँस थम गई। विवेक ने चिप उठाई और अपनी गाड़ी की तरफ़ भागा। उस गाड़ी के पास मंसुख खून से लथपथ पड़ा था, उसे देखकर ऐसा लग रहा था उसने दम तोड़ दिया, उसे किसी ने गोली मारी थी। लेकिन वहाँ पर जयंत नहीं था। विवेक बिना देरी अपनी कार स्टार्ट कर जाने लगा।

कुछ ही दूरी पर उसे महसूस हुआ कि एक तेज़ रफ़्तार गाड़ी उसका पीछा कर रही थी। एक गोली सीधे विवेक की कार के पहिये में जा धँसी। कार तेज़ी से लहराने लगी। विवेक ने समझदारी का परिचय देते हुए कार की गति धीमी की और सड़क के किनारे लगे एक पेड़ के पास से गुज़रते हुए उस पर छलाँग लगा दी और पेड़ से लटक गया।

कार कुछ दूर जाकर एक पत्थर से टकराकर रुक गई। विवेक सीधा ज़मीन पर आ गिरा, और तभी दूर भागता हुआ वह नक़ाबपोश आदमी कार की तरफ भागा, तलाशी लेने लगा। तभी उसकी खोपड़ी को चीरती हुई एक गोली निकल गई और वह आदमी वहीं गिर गया। सेलफ़ोन उसका अभी भी चालू था। उससे किसी आदमी की लगातार आवाज़ आ रही थी: “जितना कहा गया, उतना ही करो।”

विवेक ने अपनी बंदूक सँभालते हुए उस नक़ाबपोश का नक़ाब हटाया। वह शख्स कोई और नहीं जयंत ही था। विवेक ने उसका सेलफ़ोन अपने हाथ में लेते हुए।

विवेक: "काम तमाम हो गया।"

ये कहते हुए विवेक ने फोन काट दिया और जिस गाड़ी में जयंत था उसी से अपनी वहाँ से निकल गया। कहते हैं अपराधी कितना भी शातिर हो, कोई न कोई सबूत ज़रूर छोड़ जाता है। यही कारण था कि इंस्पेक्टर विवेक जैसे खोजी पुलिस वाले को इस मुरदा केस को जीवित करने और सारे सबूतों को मिटाने में लगाया गया, ताकि उन पर कभी कोई आँच की लपटें न पहुँच सकें। एक तरफ़ न्याय की उम्मीद पर पर्दा डाल दिया गया, सत्ता और साज़िश की स्याह दीवारों के बीच सच्चाई दफन हो चुकी थी। वहीं दूसरी तरफ़ जेल की सलाख़ों के पीछे बैठे अभिमन्यु की आँखों में अब भी बेचैनी थी, एक आस थी कि कब ये सलाख़ें टूटेंगी, कब उसका सच दुनिया के सामने आएगा।

***

[i]Dharmendra Mishra

[i] Dharmendra.mishra90@outlook.com

www.ingramcontent.com/pod-product-compliance
Lightning Source LLC
LaVergne TN
LVHW040427051026
849517LV00002B/500
9798232990060